Ensaios Filosófico-Literários e o Dromedário

Muriel Maia-Flickinger

Ensaios Filosófico-Literários e o Dromedário

Editora Sulina

Copyright © Muriel Maia-Flickinger, 2022

Capa: Humberto Nunes (Dromedário no deserto, ilustração de Sira Osmanoska/Alemanha, 2022)
Projeto gráfico e editoração: Niura Fernanda
Revisão: Simone Ceré
Editor: Luis Antonio Paim Gomes

Dados Internacionais de Catalogação na Publicação (CIP)
Bibliotecária Responsável: Denise Mari de Andrade Souza – CRB 10/960

M217e   Maia-Flickinger, Muriel
        Ensaios filosóficos literários e o dromedário / Muriel Maia-Flickinger. – Porto Alegre: Sulina, 2022.
        208 p.; 16x23 cm.

        ISBN: 978-65-5759-096-6

        1. Filosofia. 2. Literatura Alemã – Ensaios. I. Título.

CDU: 101
821.112.2-4
CDD: 100
830

Todos os direitos desta edição reservados à
EDITORA MERIDIONAL LTDA.

Rua Leopoldo Bier, 644, 4º andar – Santana
Cep: 90620-100 – Porto Alegre/RS
Fone: (51) 3110.9801
www.editorasulina.com.br
e-mail: sulina@editorasulina.com.br

Dezembro/2022
IMPRESSO NO BRASIL/PRINTED IN BRAZIL

Para Anna Carolina Regner, *in memoriam*,
amiga, educadora e ser humano invulgares.

Sumário

9   Apresentação

11   O dromedário e o mundo [1963]

15   Giovanni Bellini e o êxtase de Francisco: uma fantasia em torno à luz

37   Um dia na vida de Schelling

69   Lembrança de uma conversação fictícia

89   Schopenhauer e a "negação da Vontade": sua recepção por Richard Wagner em "O Anel dos Nibelungos"

169 A experiência que fez de Schopenhauer um filósofo?

Apresentação

Os textos reunidos neste livro chamarão a atenção pela disparidade não só dos temas, senão da forma em que se apresentam. Todos eles já foram, aqui e ali, anteriormente publicados. A decisão de os reunir em livro nasceu não só da necessidade de rever cada um na sua singularidade, vale dizer, de corrigi-los e mesmo reescrevê-los em parte, senão também da curiosidade de pô-los em relação na disparidade gritante que os marca.

Isso tornou difícil encontrar um título para o "conjunto", o qual, por si mesmo, não existe. Como encontrar um fio condutor entre esses trabalhos, a não ser talvez no que diz respeito ao tema da morte, que se repete em quase todos? Um sentido geral que os reunisse poderia estar no fato de cada um deles apresentar, a seu modo, uma faceta do impulso que me levou a escrever, desde sempre, e caracteriza o trabalho intelectual que realizei ao longo de minha formação. E aqui dizer "formação" significa, obviamente, dizer "existência". Isso poderia explicar também o acrescentamento de um texto de juventude ao conjunto; de um miniconto cuja personagem é um dromedário, um ser que se pode dizer "filosofante", a adivinhar, num "apelo" inaudível, sua relação com o mundo e a morte nele inscrita. Pois, a se acreditar em "visão do futuro", o dromedário aponta o caminho...

Outro elemento que se repete nesses trabalhos é a presença, clara ou não, da filosofia de Schopenhauer e Schelling. Ainda assim, um fio condutor entre os textos nenhum dos dois oferece. Resta-me, pois, convidar o leitor a buscar, por si mesmo e para si mesmo, entender a presença dos textos no livro. Ou então, sem demora... fechá-lo, pô-lo de lado...

Muriel Maia-Flickinger
Kassel, junho de 2022

O dromedário e o mundo [1963]

Vai. Anda na cidade barulhenta, de meandros espichados, de vozes esganiçadas, de roupas coloridas, de risos, de dores, de círculos, círculos, círculos. Fala sua voz tremida e rouca, diante das casas, das coisas, dos homens. E olha. Mohamed de olhos grandes, olhos doces, de mel. Engraçado seu nome. Mohamed não é nome de dromedário. É nome de profeta. Mas sonha e sonha. O mundo! Ver o mundo enorme, além. O mundo é o deserto, o mundo. Mohamed de olhos grandes, grandes e distantes.

Era uma vez um dromedário. E o homem de turbante azul o viu. Mohamed de pelo branco, espesso e duro. O pescoço comprido, o jeito engraçado de andar. Jeito de dromedário, mole, mole. O focinho, as narinas vivas. Tão vivo, Mohamed! Ninguém sabia. Ele era quase gente, quase. E o homem de turbante azul comprou-o. Vestem-lhe encilhas amarelas. Mohamed é bonito. E sonha. Sonha com o mundo além, seu enorme deserto.

A caravana está pronta. Mohamed-dromedário sabe. O deserto, agora. Os sacos de trigo pesam nas costas. Na terra, as raízes dos seres, na terra, o trigo explodindo, prenhe de luz. Mohamed curvando-se ao trigo, ouve o deserto. Andam pela cidade devagar, devagar. Tanta gente! A estrada comprida e a gente, as árvores rareando mais e mais. Vontade de correr. Mas o trigo a gritar na corcova. Mohamed pisa a areia do deserto, a

"Dromedário engolido do tempo", ilustração de Sira Osmanoska/Alemanha, 2022.

areia quente do mundo. Volta-se, às vezes, para trás; vê as coisas se apagando, longe, cada vez mais longe. O mundo o envolve. O mundo o cerca. Agora as dunas. Longas, preguiçosas. E o sol andando sem piscar, o sol. O dromedário tem nos olhos a luz do deserto. Olhos da cor do mundo.

Súbito a noite. O sol muda de roupa. Olha rindo pra Terra, gordo e branco. Mohamed sente amor por ele. O pastor do deserto. A areia é toda prata, e cede ao peso, e agasalha. Cansado, o dromedário dorme. Mohamed ressuscita todas as manhãs, porque está cheio de amor. O dromedário ama o deserto. E o deserto está ali, silencioso. Um milagre estendido na areia, adormecido. De novo, a cidade. Hail, Medina, Laila. As cidades têm nome. Como princesas encantadas, surgem da areia do deserto e falam a voz do seu nome. Mas os homens espantam, com gritos, a sabedoria de suas vozes. Mohamed adivinha. Sabe que as vozes das cidades estão lá, nas dunas, falando mudamente. Ele as pressente, ali, na solidão do mundo.

É noite. O dromedário sonha. Breve o deserto, outra vez. Mas vivê-lo! Como vivê-lo, tendo rotas marcadas nos caminhos? Ir ao encontro do mundo, ah, sem fardos ou guias, na leveza de andar, tão simplesmente. O sonho do dromedário boia nos olhos de mel. A mão do homem lhe toca o pescoço. Ambos sabem das coisas nunca ditas. Através da cidade deserta, crivada de noite, o andar do dromedário é lento e calmo. Caminhar dos que sabem. Nenhuma veste. O torso branco coberto de brilho noturno. E os olhos. O dromedário carrega nos olhos o deserto. Ei-lo em torno, no vento, beijando-lhe as pernas, livres, galopando. Para. O deserto, Mohamed! O deserto sem rotas demarcadas, mundo aberto no mundo! Ele caminha, agora, devagar. O murmúrio da areia nos cascos como água corrente. O deserto é uma imensa ampulheta; e Mohamed no meio, bem no centro. A mó do tempo sugando as coisas, para eternizá-las. Em cima o céu, em volta as dunas. Braços longos, que dançam no vento. Mohamed parado, imóvel. Dromedário engolido do tempo.

Elas chegam, as vozes das cidades. Vozes de Hail, Medina, Laila. Vozes sábias dos marcos do mundo, sussurrando seu nome nas dunas. O sol partido ao meio espia. Estrelas pisca-piscando destilam mistérios. Mohamed estremece. Espanta-se. O mundo, seu mundo prateado abraçando-o. Os grandes olhos mergulham abismos humanos e extinguem-se, ouro e prata. A ampulheta imperceptivelmente vive. Mohamed é mais um tesouro dormindo dentro do mundo.

Giovanni Bellini
e o êxtase de Francisco:
uma fantasia em torno à luz[1]

Canaletto (1687-1768). *A foz do Canal Grande
com a Igreja da Santa Cruz, em Veneza.*

---

[1] Este texto teve uma publicação em *Festschrift* para Jayme Paviani – conf. in *Filosofia: Diálogo de Horizontes*, org. por P. Feltes/U. Zilles, EDUCS/EDIPUCRS, Caxias do Sul e P. Alegre, 2001. Agora reescrito, foi bastante alterado. A narrativa nasceu do imaginário, ainda que, para o principal, baseada em nomes, datas e documentos. O quadro no topo do texto é de Bernardo Belotto, o Canaletto (1687-1768), e retrata "A foz do Canal Grande com a Igreja da Santa Cruz", em Veneza. Giovanni Bellini (Gianbellino), a personagem deste ensaio, viveu, segundo Vasari, entre 1429-1507 (conf. Bibliografia, in Vasari, G., *Lebensläufe).* Foi ele quem fundou, com seu irmão, Gentile, a escola de pintura da primeira Renasença, em Veneza, tendo, já então, sido reconhecido como um dos maiores de seu tempo. Com ele, o anúncio da modernidade no uso da luz na matéria teve continuidade em seus discípulos, sobretudo na técnica dita antecipadamente "impressionista" de Giorgioni (1477/78-1508 ou 1473/74-1510).

Num gesto instintivo, o corpo debruçado ao peitoril rangente e úmido, ele ergue o braço contra a luz. Deixa-o cair, que lhe importa sentir e olhar até o limite da dor o amplexo orgiástico do céu com a água espessa. Fundida à atmosfera, a Laguna rebrilha na névoa. Línguas daquela luz difusa e líquida roem-lhe as pupilas, cegam-no por instantes. Giovanni esfrega os olhos e os mergulha outra vez no ar fluorescente. Veneza ergue-se da Laguna, trêmula e insubstancial, envolta em véus leitosos. E sempre – ah, sempre! – atravessada desta luminosidade alucinante. Os cotovelos apoiados sobre o peitoril, espalma as mãos e as examina atentamente. Um gesto seu, antigo. E recolhe em seu cálice a iridescência crepitante do invisível que, assim condensado, insiste na presença.

Dera, ainda há pouco, o último retoque no rosto do santo. Com extremo cuidado encharcara o pincel na mistura recém-preparada, oleosa e espessa, para alisá-lo longamente, aplicando-o, depois, à superfície da madeira trabalhada até a cor crepitar na tez ébria de luz. O quadro estava pronto, soube-o imediatamente. A *storia* lhe viera dali, da face incendiada de Francisco. Dela emergira a *idea* que o havia perseguido entre dor e alegria sussurrando-lhe os passos por dias e noites incontáveis. Concluído o retoque, limpo o pincel, ele saiu sem mais olhar a tela, como a evitar-lhe a força sedutora.

Numa espécie de transe, os seus passos trouxeram-no a essa parte levadiça da antiga ponte sobre o *Canal Grande* – não longe de onde estava, no mesmo quarteirão de *Santa Marina*. Ele sente a tensão dos últimos meses pesar-lhe no corpo, e abandona-se agora às impressões diversas do *Rialto* buliçoso e cosmopolita. As faces com que cruza – de eslavos, gregos, albaneses, alemães e italianos – sucedem-se no periscópio do olhar, do atraente ao grotesco e mesmo abjeto. As línguas mais bizarras fervilham no quarteirão industrioso, com seu ápice aqui, na azáfama gritada do *Mercado Livre*. Cheiros de peixes, carnes, queijos fortes misturam-se aos eflúvios do *Canal*, sem perturbar a turba que se acotovela entre os balcões improvisados. Pelo chão, empilhados em cestos gigantescos, os restos decepados de crustáceos, peixes e outros animais. Como a parear os vendedores, donas de casa em rígidas posturas, cobertas até os pés de amplos panejamentos, os cabelos ocultos pelos véus pudicos. Sem se irritar com o cheiro ou os cestos repugnantes, e acompanhadas sempre de suas amas, vêm arrastando um séquito chilreante de domésticos. Acrescentam-se a estes os muitos cozinheiros e seus ajudantes, para formar o povo colorido que desfila sem pressa entre as tendas, apalpando e provando, competente, as frutas, os legumes, carnes e especiarias, a regatear os preços em voz alta.

Canaletto (1687-1768). A ponte do Rialto com o Fondaco dei Tedeschi.

Giovanni lembra que Ginevra há de estar entre a malta ruidosa, a velha ama e a doméstica ao lado, como para-ventos. Para evitar o encontro, ele recua em direção ao *Fondaco dei Tedeschi*[2], não longe dali; um depósito-mercado

---

[2] No séc. XIII, fundou-se, no *Rialto*, o dito *Fondaco dei Tedeschi*, extinto só em 1805. O edifício é retratado na pintura de Canaletto: *A ponte do Rialto* (1750) com o "Fondaco dei Tedeschi" (o prédio com a colunata, na imagem à direita).

e albergue em que se abrigam na cidade, há séculos, os mercadores alemães. Chegado ao prédio, senta-se à mesa a um canto da *Osteria*. Na extremidade oposta, dois homens claros, a barba hirsuta nos rostos angulosos, falam pausadamente na sua língua áspera. O pintor encomenda o de sempre ao taberneiro: meia infusa de vinho e o pão escuro. O homem, que já o conhece, serve a bebida e o pão acompanhados da gordura animal, e um prato de hortaliças. Trocam, os dois, algumas frases sobre o tempo enquanto as mesas vão sendo ocupadas, o espaço fremindo no emaranhado de vozes e arrastões de bancos. Giovanni se deixa ficar afundado em seu lugar, sentidos desaferrolhados, feixes de sensações a galope através. Sabe avaliar a conquista de seu Atelier, a ponto de o considerarem um "artista", um "gênio", fugindo à pecha de "excêntrico" ou "desajustado social", que ainda se aplica aos meros "artesãos" das artes. Tampouco aceita submeter-se aos ditames de quem lhe encomenda algo. Na pintura, ele ousa "seguir a sua própria vontade".[3] Deixa o local com os últimos fregueses e os segue, distraído, até apanhar-se, ainda no *Castelleto*, em um reduto de prostituição, onde os bordéis da cidade se enfileiram. Adormecida, no momento, a rua alcança-lhe o nariz cheirando a vômitos azedos e outros tantos excessos noturnos. Ele acelera o passo fugindo aos odores e não por precaução, que Veneza é, por certo, a mais tranquila entre todas cidades italianas. Asilo para muitos, de outros considerada um refrigério em mundo dominado pela tirania e a opressão.

De fato, só a Cidade-Laguna tem sido capaz, por tantos anos, de manter-se independente, mesmo sendo assediada pelos

---

[3] Conf. Bibliografia, in Burke, P., p. 131. Para o novo status do "artista", conf. Bibliografia, in Heller, A., p. 39.

bárbaros, que, no habitual, encontram presa fácil nas demais cidades italianas. Devido à bênção de São Marcos, à ossada santa que aí repousa? Ou o motivo prosaico está na posição geográfica insólita, nos muros de água que a contornam? Pouco lhe importa, neste instante, a causa da tranquilidade da cidade, da inexistência de partidos belicosos, dissensões internas ou confrontos sociais à beira da explosão, comuns noutras cidades. Giovanni ama Veneza, e esse amor vem da extrema juventude, mesmo que até alguns anos lhe tivesse pesado o ser filho bastardo de pai respeitado[4] – no ofício de que toda família extrai seu sustento.

O que o amarra à Laguna, ligando-o num tramado físico e espiritual ao corpo aquoso da cidade, é, por certo, a atmosfera da República patrícia, tal como a interpretará, anos após, no retrato de Leonardo Loredan[5]. Irá inscrever, no seu rosto,

---

[4] Jacopo Bellini, pai de Gianbellino, reconheceu-o como filho e o iniciou, ele mesmo, junto a Gentile, seu filho legítimo, no ofício de pintor. A relação de Giovanni com a mãe adotiva deve ter sido difícil, a avaliar pelo modo como ele tematizaria as Virgens com o menino-Deus, no modo indiferente e frio da *Matter* em relação ao filho que tem nos braços. Isso só se alterou, adoçou, após seu casamento com Ginevra, em 1485, que passou a servir de modelo para a Virgem. Quanto a seu meio-irmão, Gentile – com quem assumiria a Oficina do pai após sua morte –, tal como a meio-irmã mais velha, mulher de Andrea Mantegna (um seu amigo e orientador), abraçou-o como igual no seu afeto. Andrea Mantegna (1431-1506) era paduano e desposou Nicolosia, meio-irmã de Gianbellino, em 1453; sua ligação à Oficina de Jacopo Bellini e à Pádua (influenciada pela Toscana desde 1442) deu-se através do escultor Donatello. Se é verdade que o pai de Giovanni, Jacopo Bellini, deixou-se influenciar pelo humanismo da época, foi antes em Mantegna que o filho encontrou a ponte para o novo universo intelectual e artístico dominado pelas doutrinas do arquiteto Alberti e do pintor Piero della Francesca, entre outros.

[5] G. Bellini pintou o retrato de Loredan entre 1502-1505, após sua eleição (1501). Trata-se de uma representação oficial, mas é a sensibilidade e maestria fora do comum do pintor que se revelam na vida interior, no sorriso contido e na serenidade autoconsciente do olhar que encontramos no rosto do Doge.

Giovanni Bellini (1430-1516).
Retrato do Doge, Leonardo Loredan.

a individualidade concentrada e consciente de si, em seu poder e fragilidade simultâneos, como a própria Veneza os exibe em seu aparecer material e espiritual. Nessas feições, Bellini celebra não só o orgulho político e comercial, o salutar pragmatismo da cidade, seus palácios de mármore, os interiores de ouro e os afrescos preciosos, as muitas galerias com seus artesãos, senão também seu declínio, a consciência da morte que nela se inscreve. Essa dicotomia, ele a apanha na síntese perturbadora do eterno e do passageiro inscrita no rosto do Doge.

    O pintor não deixará jamais Veneza, a despeito dos odores malsãos de seus paludes, da ameaça constante da malária e dos miasmas penetrantes portadores da peste a rondar nos *Canais*. Isso chega a ser nada, comparado ao que o costura à cidade em tecido sensual e emocional inextricável. O que a ela o aprisiona é a matéria líquido-luminosa de que se entretece. Ah, essa luz! Luz derramada no seu casario, nas cúpulas e campanários e, mais recentemente, sobre a horta grotesca de suas chaminés, a espirrar pelos tetos, desenhando-se, estreitas e às centenas, nos céus inconstantes.

Vittore Carpaccio (1465-1526). *O milagre da Relíquia da Santa Cruz do Rialto*. Vê-se aí, além da primeira ponte do Rialto (do tempo de Bellini), a mencionada "horta grotesca das chaminés", que surgiram então às centenas nos telhados de Veneza.

Luz poeira de prata, de ouro e púrpura, que se vem refletir, volátil, nos *Canais*, duplicando a cidade e levando-a a ondular, inessencial, em seu espelho líquido. Luz que também desbota e empalidece na névoa que se enrosca à silhueta escura de suas construções. Névoa que assombra as ruelas como a impedir o ar respirável de chegar às poucas aberturas gradeadas de seus edifícios.

Giovanni fica, assim, um longo tempo debruçado na ponte. Sente-a ranger e apalpa, acariciando-a, a superfície rugosa da madeira apodrecida. Um toque leve de melancolia atenua, em seu rosto, a virilidade incisiva. Na água, embaixo, as novas *gundule*[6], menores que as anteriores, apinham-se, coloridas, às margens do *Canal*, os passageiros aguardando, pacientes, sua vez de embarcar. Enrolados em capas elegantes, protegem-se

---

[6] Esta foi a primeira forma da palavra *gôndola* (de *Cymbola* ou *Kondi*). O remo, de madeira maciça, chama-se *forcola*. Na época, as velhas e pesadas *gundule* foram substituídas por novas, leves e elegantes, como taças. Nas imagens das páginas 15 e 17, pode-se observar essa diferença entre as gôndolas.

da névoa sob o arco delicado que coroa os assentos das embarcações. Na popa, os *gunduliéri* atados ao Canal pela *forcola* esguia. A umidade vai-se transformando, pouco a pouco, em chuva. Giovanni permanece ali, a água escorrendo no gorro, que afunda, pesado, sobre a massa ruiva dos cabelos e lhe encharca o rosto. Ele retarda a volta à casa ou, melhor dito, ao quadro – que tinha deslocado da Oficina, para não ter de trabalhar cercado de ajudantes e discípulos.

Roubara o quadro e a si mesmo aos olhares curiosos, deslocando-o ao *Studiolo*[7], onde se aplica normalmente à leitura dos clássicos pagãos e outros autores, cristãos antigos e modernos – no tanto que os consegue ter em sua biblioteca. Esse lugar privado é seu asilo. Pode fechar-se, aí, sem testemunhos, escapando também ao anátema do meio em relação ao íntimo, considerado desperdício egoístico do próprio tempo. Consegue, assim, exercitar esse recuo na alma, a ponto de o guardar mesmo em lugares públicos, qual colcha de silêncio e distância interior inestimáveis.

Na Laguna, as tochas já vão sendo acesas pelas margens, e o casario duplica-se nas águas, anunciando as promessas da noite. Há muito as esqueceu. Não, nada tem de asceta, e conhece as nuances do prazer como um epicureu. Soube, porém, domar a sensualidade vigorosa no trabalho do ofício e na contemplação, alimentando a ambos nos charcos dos sentidos, cuja violência reconhece. A chuva aperta e ele se apressa ajustando no corpo a capa escura, os passos elásticos na direção da Igreja de *San*

---

[7] O *Studiolo* dos humanistas nasce de uma nova e forte necessidade de interiorização e da busca do encontro consigo mesmo; vem inspirado nas *Confissões* de Agostino e nos *Canzonieri* de Petrarca. A intimidade é ainda malvista no início da Renascença, mas, por ser permitida a reflexão, o ler e o escrever possibilitam a fuga nos ditos *Studiolos*.

Zanipolo. Em casa, sua mulher o espera e apronta a ceia, enquanto ele se lava e troca roupa na sala reservada à higiene do casal. A água quente o aguardava no fogão minúsculo, a tina preparada e os panos de enxugar-se. No balcão de madeira circular, os frascos com canela, anis e sândalo; o espelho raro, de nogueira, a um canto, presenteado à Ginevra em seu aniversário. Na mesa, o arenque fumegante não o tenta. O leite aquecido com mel e funchal é tudo que consegue tomar da refeição, que, à diferença das demais, os dois fazem a sós no único momento mais íntimo durante o dia. Ouve calado a prestação de contas da jornada e as narrativas da esposa, suas aventuras no *Mercado* e pela vizinhança. Findo o ritual, os dois se recolhem no espaço aquecido próximo à lareira, ela tendo nas mãos um bordado.

Madona no prado, de G. Bellini (1505).

Casados há pouco, Ginevra é sua segunda mulher, muito jovem ainda. Um tipo saudável, o corpo graúdo, arredondado nas ancas e nos seios, de natureza alegre, o ânimo doce e bem-humorado. Olhando-a, nesse instante, concentrada no bordado, a trança de um dourado escuro semiaberta a cair-lhe nas costas, percebe com prazer os reflexos da vela em seu rosto, o brilho na penugem sobre os lábios cheios. Sabe que terá nela o modelo perfeito para suas Madonas a meio corpo – cujo fundo neutro ele já vem há muito substituindo por fragmentos de céus bem terrenos. Ele a eternizará – o busto erguido contra o azul habitado de nuvens, o olhar em interrogação voltado para dentro, em atitude triste – no ápice de uma juventude vã como as atmosferas de Veneza. Erguendo, nesse instante, os olhos, ela surpreende os seus cravados nela... e enrubesce. Giovanni sorri. Não, hoje não...

A tela o aguarda em sua *câmara de pensar*, como o pintor nomeia para si mesmo o *Studiolo*. Levanta-se, afaga o cabelo da mulher, para depois, munido de uma lamparina a óleo, descer a escada ao andar inferior. Verifica, primeiro, se a alavanca da porta principal está bem ajustada, e se dirige pelo corredor estreito até os fundos da casa, longe de toda agitação social. Entra no espaço em que se encontra o quadro e fecha a porta com cuidado atrás de si.

Com a lamparina, faz incendiar a lenha na lareira, e acende a tocha colocada em frente à tela sobre o cavalete. Volta-se, agora, a lamparina ainda na mão e olha a pintura, habitada ela mesma de uma luz estranha, sobrenatural. Imóvel, olhos pregados na figura enregelada de Francisco, sente de novo o calafrio correr-lhe pela espinha. Como tinha sabido? De onde havia arrancado essa visão de eternidade? O sobressalto se repete a cada encerramento de uma obra. Como explicar a força que o levou a pô-las na presença exatamente assim e não de outra maneira? Vez por outra, é verdade, a pergunta não veio; quando não satisfeito... Em frente a este quadro[8], porém, onde a verdade de uma vida estranha à sua o surpreende no íntimo como se... Impossível sabê-lo!

---

[8] *São Francisco em Êxtase*. Têmpera sobre madeira, 1,20 x 1,37 cm. Há divergência quanto à data desta pintura. Escolho o ano de 1845, início do período maduro de G. Bellini.

Giovanni Bellini (1430-1516). *São Francisco em Êxtase.*

Há muito compreendeu ser inútil lutar contra a violência que o exige e desafia, na forma trabalhada, parecendo chamá-lo mesmo à noite, dormindo, a indicar um contorno, uma sombra, um brilho a mais na prega de um vestido, uma ruga incisiva em um rosto, uma mão. Detalhes preciosos que se impõem, por si mesmos, a contar o narrado antes mesmo do todo. Sempre o desenho, sim, vem primeiro incitá-lo, despótico. O esqueleto de um mundo por nascer gira-lhe na cabeça até brotar, preciso, escarrando a exigência de sua forma viva. Lento, por vezes, entre ensaios, fracassos e alguns recomeços; outras vezes, perfeito como o traço de um anjo no ar. Vem inteiro em um rosto, num gesto, na entonação de um corpo, no pico agudo de uma montanha, na colina ondulante a escavar com presteza o seu

25

lugar no espaço. Ele obediente, atento, a mão firme ao impulso da força que o impele, as figuras dizendo-se sempre a partir de si mesmas. Senhoras de um saber só delas, intratáveis, resistem a um qualquer desvio de sua intenção oculta; e, sempre, indevassáveis. No caso de Francisco, se pensava – insensato! –, ele mesmo estaria construindo a cena no desenho, a forma se fechava, endurecia. Dias e meses, assim. Até o corpo entender e, curvado, ceder-lhe à exigência e entregar-se ao *disegno* ditado de dentro, nos charcos do sangue.

Irritado, ele prende na nuca, com a mão, o cabelo que insiste em cair-lhe na cara; e dirige-se a um púlpito junto ao quadro, em que repousa um livro aberto. O pintor já tem mais de cinquenta, mas os músculos rijos dão-lhe um ar felino, a tez clara em contraste com os cabelos ruivos. Sua figura emana forte masculinidade tingida, embora de melancolia, o que lhe empresta um ar entre mundano e ascético. Os traços graves iluminados pelos olhos muito abertos, denunciam o hábito do pensamento superior. O livro sobre o púlpito, que ele toma nas mãos, é a obra de Alberti, *De re aedificatoria*[9], publicada de novo, há não muito. Ele a conhece bem, mas Andrea acaba de presenteá-lo com a nova edição, e relê-la é um prazer, ainda que seu acesso às ideias de Alberti se tenha alterado. Por mais

---

[9] L. Battista Alberti (1404-1472). *De re aedificatoria* é um tratado que busca fundamento na arte antiga, para a nova arte da Renascença, e foi publicado após sua morte. Alberti foi jurista, escritor e arquiteto e é considerado o iniciador da teoria da arte renascentista. Sua obra mais importante, em vida, intitula-se *Della Pittura* (1435). O livro nasceu da sua relação com o escultor Donatello e o arquiteto Brunelleschi; ele aí analisa o estilo e expõe as regras da perspectiva e da composição a cores. É ele o primeiro teórico do *classicismo* e um dos mais importantes autores para a compreensão do homem renascentista, tanto no *otimismo* de se acreditar um *deus in terris* quanto no *pessimismo*, que o faz sentir-se *desenraizado*.

que admire o dele defendido esforço de unificar o espaço construindo-o em perfeita coerência ficcional; por mais que o saiba essencial à constituição da *storia* que brota na tela, esse é um esforço que ele agora utiliza apenas para vê-lo ultrapassado – como que redimido em outro nível, bem mais importante. Chegado tarde em seu desenvolvimento, esse outro nível é-lhe agora mais próprio, oferecendo, na verdade, a chave decifratória de seu trabalho.Este vem impregnado de um caráter aéreo, acentuadamente espiritual, mesmo sem ele renunciar ao acento sensual e terreno de tudo que produz.

Bellini havia ingressado em seu ofício pela porta que faz da forma a instância última ou o seu coroamento. Nesse período inicial, suas figuras esculpidas – se comparadas às de Mantegna, por exemplo – pareciam lenhosas, ásperas, quebradiças e cheias de cantos. Pesou-lhe muito essa luta com a forma, em seu desenvolvimento, porque se viu vencido repetidamente em seus esforços. Se sempre a respeitou, se a compreendeu desde o início, consciente da verdade essencial nela oculta e a desvelar no desenho, pressentia também, obscuramente, que uma força maior a ultrapassa, tanto para a presença, o aparecer, como também para o ser.

Giovanni lê, distraído, frases do livro que tem nas mãos. Sente o cabelo deslizar de novo sobre o rosto, e fecha o livro, enervado. Ah, essa insistência na forma... Marca com a pena a página em que lia, e o devolve ao púlpito. Ao fazê-lo, a mão roça na capa de outro livro, já velho e muito manuseado. Seus olhos costuram-se ao título e as feições se distendem num sorriso. É o *De voluptate*[10], de Lorenzo Valla. Bellini havia desejado muito

---

[10] Segundo alguns críticos, G. Bellini se teria ocupado com textos epicureus, sobretudo com os de Lorenzo Valla (1407-1457), tendo tido contato com seus seguidores

conhecê-lo pessoalmente, mas isso não chegou a acontecer. O filósofo há muito está morto. Seu pensamento mexe com ele, congenial. Admira a força de sua retórica, que, avessa ao verbalismo filosófico, celebra uma experiência encarnada; elevada ao pensamento, esta preserva-se nele tal como a vida que nela se agita. Há decerto outros ensinamentos a que Bellini sente-se obrigado; vão de Agostinho a Petrarca e de volta a Plotino. Este último, aliás, está sendo apaixonadamente discutido em Florença, no momento, pelo médico e filósofo de Figlini protegido dos Medici.[11] Em seu próprio entendimento, porém, é Valla quem lhes corrige o perfil. Sua própria desconfiança em relação à razão, foi lendo-o que o pintor aprendeu a articulá-la. Desde aí, seria sempre nas franjas dos sentidos que acharia a verdade a auscultar, imunizando-a contra as cascas dos conceitos. Ainda assim, não é daí, dessas fontes intelectuais e nem principalmente delas, que lhe vem o pressentimento do que ultrapassa o *disegno*; este aceno de algo que está além da forma... O senti-

---

em Vêneto. No livro *De Volutate*, de 1430, que foi retrabalhado sob o título "*De vero falsoque Bono*", Valla se opõe, em diálogos, ao estoicismo de Boethius (*Consolatio philosophiae*), para desenvolver concepção muito própria do Cristianismo. Nesta obra, ele afirma existir, na promessa de Cristo, um prazer mais elevado que o do corpo, o qual ele não deixa, contudo, de lado no além. Valla retoma a *Retórica* em seu sentido antigo, e, como Petrarca, exige a correção do pensamento pela experiência. Segundo os críticos, no quadro aqui tratado de Bellini, "*São Francisco em êxtase*", além de outros de sua obra madura, o pintor teria sido influenciado pela filosofia do grande humanista.

[11] Trata-se aqui de uma referência ao filósofo Marsílio Ficino ou de Figlini (1433-1499). Este foi ungido sacerdote em 1473 e, sob a proteção de Lorenzo de Medici, trabalhou na Corte traduzindo, entre outros, Platão e Plotino. Em torno dele reuniam-se artistas e letrados, como Andrea Mantegna, que mediatizou ao cunhado, G. Bellini, os conhecimentos aí adquiridos. Ficino buscava um novo sistema, que unisse platonismo e cristianismo, de modo a promover a fusão da fé e da razão. Sua *Teologia platônica* foi publicada em 1482.

mento disso, ele o traz em si mesmo, talvez desde menino, em relação ao não configurável no experimentado – no casulo do corpo e no escuro da alma, onde um túnel de luz leva ao divino.

Isso lhe tinha vindo ainda antes de poder pensá-lo, na atmosfera líquido-refulgente de Veneza. Até "ouvir", para além do *disegno*, na matéria enformada, um apelo inaudível. Toque inefável, chamado sem som, que, vibrando em sua carne, encontra nas cores, no brilho misturado às sombras e as domando, um outro acesso ao pensamento. Não para aí ficar, senão para o trazer de volta à massa iluminada dos sentidos. Desde então, mesmo os cheiros transformam-se em luz como que triturada nas narinas. O mundo assim brotado às sensações, ele o pintou então em tons de luz qual música apreendida em cores. Foi enquanto pintor que isso se abriu para ele. Aconteceu aos poucos, na negação da forma e dissolvendo-a até fundi-la em cor num acorde estranhado à cabala construtiva. A passagem foi difícil, e deu-se quase à sua revelia. Esse apelo da luz nos seus sentidos, seu assalto à consciência, ele o sentiu com ainda mais dor do que a exigência anterior do *disegno*, a que tinha cedido. Outra, também, foi a satisfação que afinal o tomou à nova submissão. Uma alegria estranha na conquista da cor e seu segredo. Ninguém no seu entorno o percebeu. Nem o pai, o humanista fascinado pelo desenho, mesmo que mais voltado ao sentimento do que à inteligência; nem o irmão, mestre dos grandes jogos cênicos; menos ainda Andrea, o escultor com o pincel como se em mármore. A sós consigo, esvaecendo contornos, Giovanni conseguiu levar a forma a fundir-se no fundo, e, dissolvendo-a em cor, fê-la brilhar gestando sombras transparentes.

Hoje sabe, o trabalho com a cor foi o que o seduziu e levou a tornar-se pintor. Não a cor por si mesma, mas o estofo de luz de que se arranca. Luz invisível, que refulge nos tons remetendo, na obra, ao essencial que nela é inaparente. Pois se é na cor que as formas se definem para a vida, elas vêm a partir dessa fonte invisível. Fonte que sopra vida, que faz a carne palpitar nos corpos, e que imprime no olhar a gama de emoções e pensamentos incontáveis; mas também na paisagem, modulando os matizes e sombras que a definem, para o olhar.

Voltado agora para a tela, que ele até aí tinha evitado olhar, Giovanni fixa os olhos no loureiro à frente de Francisco, suas pupilas ardendo no fulgor que as fere. E sussurra: "A alma é luz tornada cor. Neste quadro, porém, ela nasce da cor, quando esta se ilumina..." Deixa-se, então, cair pesadamente em um banco. Como com outros quadros, tinha sido difícil encontrar o tom emocional na execução da obra; a melodia própria à *storia* que o solicitava. O frade sempre o fascinou. Tinha-o pintado antes, quando ainda submisso às interpretações convencionais, como um ser sobre-humano, os estigmas gritando no corpo. Não mais. Ele o resgata, neste quadro, para o mundo físico, não só no que tem de divino, senão no que, sendo terreno, é ainda rebelado. Dá-lhe, assim, uma nova medida do *são*, do *curado*, que desconcerta... Na tela à sua frente, Francisco faz-se o ator de um sentido antes físico de reconciliação; um sentido que empurra a natureza decaída a elevar-se na luz dialogando com Deus. Se isso se dá lá fora, na paisagem que o abraça, o santo o realiza também em si mesmo, no íntimo, como criatura nos limites que a Terra lhe impõe.

A *storia* o perturbava há muito, impelindo-o a auscultar o sentido do êxtase naquele palco. Errando a cena em outros quadros, pelo menos duas vezes, ele neste chegou a uma naturalidade surpreendente no efeito da luz extramundana, que se vem enlaçar à sensualidade do criado. Sabe que não na técnica empregada encontra-se o segredo dessa nova beleza. Tem consciência de que se superou nesse trabalho, alcançando uma nova alquimia pictórica. E chega a adivinhar, nessa virada da forma para a luz, o que o arrastou para longe dos outros pintores à volta. Vê o aramado geométrico afundado no fluido de luz de que saltou, sem, contudo, esgotar-se em contenção discreta. Quanto ao eu singular, que aí se mostra e olha o mundo, abandonou a posição do centro – deslizou para a margem do palco, onde o *ganhar* descobre-se no gozo surpreendente de um *perder*.

Sobre as paredes do *Studiolo*, as lamparinas lançam formas-reflexos povoando o espaço de fantasmas. Giovanni aspira o cheiro resinoso da madeira, e se permite ouvir as vozes que o vêm perseguindo há quase um ano, desde que busca a conclusão da tela. Brotadas à *idea* que o obcecou, foram elas que lhe guiaram a mão, até saber que estava pronta. Para, enfim, mergulharem na luz encontrada. O pintor estremece, escapa ao devaneio, à lufada de vento que o atingiu. Levanta-se do banco, para atiçar as brasas na lareira e acrescentar mais lenha ao fogo. Toma de um balde o garfo longo e consegue com ele incendiar alguns toros. Realimentando a tocha quase extinta na parede, acende nela uma outra lamparina. Junto à que traz na mão, ele a pendura na coluna em frente ao quadro. Sua filigrana em ferro espirra arabescos de luz sobre a tela. Atento à cena, ele enxerga o burrico mover a cabeça. Pensa então na subida até o monte, na paciência do animal carregando Francisco. Este desce da sela, por vezes, anda ao lado da besta, ora falando, ora cantando baixo, a voz doce e pausada, uma oração que ninguém mais ouviu a não ser o jumento e a natureza em torno àquele dia.

O Francisco do quadro nada tem de um santo. Sem as insígnias do divino e abandonado à violência de um poder desconhecido dentro dele, sua experiência se humaniza. Nada da gesticulação, do palavreado físico da dor. Há, sim, o assombro que o congela à ação daquela luz. O êxtase profundamente humano que lhe jorra do corpo transmite à paisagem uma serenidade estranha. Têm-se a impressão de que o que o transfigura estaria levando a rocha descarnada, a terra fria, os animais, as plantas, tal como o casario ao longe, a enlaçar-se na luz de um céu que não se vê, para, quem sabe, retomar a harmonia perdida do mundo natural desde a queda causada pela queda do homem. "Sim", é Bellini quem fala, "o que aí se mostra é a *cura*, é o interior *sarado* que aponta lá fora, na natureza resgatada..."

"O que se passa em ti, na tua alma, Francisco?" – interroga o pintor.

Embora o fogo ruja na lareira, atirando fagulhas à volta, o espaço permanece frio. Dois cortes verticais na parede, ao fundo do *Studiolo,* abrem-se sobre o *riello* coleante, deixando o ar penetrar no interior. Como antes, no quarteirão de *San Lio*, Bellini optou pela recente solução das *finestre impannate*[12]. Ele mesmo as construiu, emoldurando em madeira grandes panos de linho embebidos em óleo cuja transparência deixa a luz infiltrar-se no espaço. Naquela manhã, ele as tinha extraído aos caixilhos, e, aproximando-se agora da abertura, inspira com força o ar gelado e úmido da noite. Logo à frente, do outro lado do *riello*, ele volta a admirar a *Loggia* de colunas nuas, novidade a que os venezianos se entregam com prazer há não muito, gozando a rua na sua própria casa. Um tapete oriental esquecido em sua balustrada bate contra a parede em ruído

---

[12] As *finestre impannate* foram adotadas em Veneza no séc. XV. Por permitirem penetrar a luz no ambiente, tornam-se as preferidas dos pintores. Até aí, como o vidro era raro, usavam-se grades, cortinas e postigos, que escureciam muito os interiores.

monótono, insistente. Giovanni associa essa imagem à ação da força que o empurra no encalço de algo sequer vislumbrado nas formas vistas ou apanhado em ideia, por mais que force a lembrança. Algo que sente estar ali, agora, a um passo dele, refulgindo invisível na face de Francisco. O que o perturba nela, de tal modo, sem saber a que aponta?

Atento ao movimento do tapete no outro lado da rua, à chuva que o castiga e escorre ao longo da parede, Giovanni enxerga, mesmo de costas para o quadro, o corpo hirto do frade impregnado de luz. Vinda do fundo, uma outra luz, morna e terrena, encharca a natureza, os animais, o castelo e a colina cultivada, o céu azul e as nuvens – todo um cenário desdobrado em um segundo plano como que indiferente à convulsão espiritual que explode no primeiro. É a essa luz que o pintor volta a atenção; ao brilho denso que fere a rocha, a vinha, o púlpito, o livro e a caveira, indo reverberar sobre as sandálias de Francisco – como a apontar um limiar em que a graça se aloja, para os sentidos e a partir dos sentidos... Luz misteriosa como que a afiar as coisas num torno invisível.

"Deve ter sido assim, também, com Agostinho" – fala o pintor, que recuou para dentro da sala, o olhar pregado na face do santo. "É a percepção carnal que geme nesse espasmo, é o que dobra a matéria em gozo insuportável. Agostinho a temeu, baniu o *sensus carnis* de seu Paraíso. Não Francisco, não ele..."

O que vem perturbando Bellini sempre que volta a deparar com a cena, na pintura, oculta-se no frêmito lucífero do diálogo entre o frade e o divino. Ele agora o compreende. O apelo ouvido por Francisco é o mesmo que surpreende em seu próprio interior, na luta travada com a forma. Tal como o frade, ele o encontrou na estrada dos sentidos, recolhendo do mundo o que não é do mundo, mas o apascentando nele. Um banquete de lautas sensações foi a vida do santo, a partir do chamado. Só que, aí, no topo da montanha, algo maior veio escavar-lhe a alma em direção ao centro, e, na queda, o arrastou para o alto – ameaçando em seu corpo a matéria do mundo *enquanto todo*.

Giovanni toma nas mãos um estojo de cedro minúsculo, que equilibra nos dedos, para dele extrair, enfiando-a na boca, distraído, uma lasca de cardamomo. O gosto o traz de volta ao *Studiolo*. Lembra Ginevra, o corpo seminu abandonado no sono, após tê-lo esperado um longo tempo em vão. Sente na boca a boca da mulher no gosto dessa especiaria; nos cabelos, na pele, o cheiro ainda mais doce da canela. Cerra os olhos e a tem nos seus braços, o jeito impetuoso de corresponder, quando a exige em licenças maiores, a festa nos quadris e o brilho negro nas pupilas verdes. Há uma luz nesse enlace, um fulgor na matéria que o desejo agita, e é talvez o primeiro sinal a fazer duvidar da irremissibilidade eterna da matéria. Esse anseio nos corpos dos amantes, seu jogar-se no espaço apagando o desenho que corta, limita, é o anseio do peso pela luz, na rebelião que *cura*. No limiar, entretanto, o perigo do oco, do estagnar, corromper do desejo – semelhando a Laguna, quando vem afundar nos paludes, e, inimiga da luz, decompor-se ligeiro, exalando os eflúvios mefíticos da peste...

"E não virá daí o espanto de Francisco?", ele ainda murmura. "O assombro congelado em seu olhar, cego de tanta luz, de tanta dor? De onde mais, a não ser desse toque na carne, que resiste e, assim mesmo, deseja e se deixa invadir? O espasmo no seu gozo é, contudo, bem outro, e maior – tão maior! – do que aquele que eriça, para de novo enlanguecer, nos corpos desejantes. Ainda assim, tudo começa aí..."

Giovanni estremece, um gemido retido nos lábios. Na analogia, apanhou o mistério do êxtase, o mistério da luz que banha o quadro. Busca, no tempo, os artesãos anônimos que, na luz, quase a fundir-se nela, perseguiram o apelo do sagrado. Sobretudo no Oriente, onde os magos da cor a dedilharam em todos os diapasões de tons frenéticos. Como esquecer, em si mesmo, a sensação de embriaguez ao deparar com o fervor musical das abóbadas bizantinas?

Na tela agora aberta ao olhar interior, é o formigar da cor que penetra a matéria e, triturando-a em luz, dela extrai a vertigem do delírio santo. A visão de Francisco! O que o frade contempla com olhos de assombro é a trama que ata e desata, mas também resgata, no Uno, instante após instante, a natureza à própria opacidade. Essa mescla de susto e delícia em seu rosto, esse espanto, o recuo, a rigidez da carne – não veem só o esplendor. O assombro do *curado* não descarta o horror! Francisco vê caírem, descolados de Deus, os retalhos inertes do tecido rebelado, condenado sem volta, talvez, desde o início... Sabe, agora, e o sabe na sua própria carne: que nem a Inteligência, nem as Formas, esses anzóis espirituais arremessados pela Luz no lodo material, os virão resgatar da Escuridão. Sua visão é também a visão da perda irreparável, pois a beleza arranca-se de um limiar entre a leveza e o peso, entre a promessa e o abismo... e nem tudo se salva...

De volta ao peitoril, em um dos vãos abertos da parede, Giovanni passa as mãos sobre a pedra até quase sangrar. O que acabou de ver no quadro ainda trabalha nele. Mais do que nunca, nesse instante, sente a violência da força que o predestinou, como ao frade, embora de outro modo, a curvar-se na hipérbole de uma ascensão no encalço de algo ausente e silencioso, adivinhado apenas no que ele nomeia a *cidadela do eu* emurada no corpo. Curvando-se, tenta enxergar alguma coisa no fosso aberto entre os edifícios. A umidade penetra-lhe as narinas e ele recua. Põe-se, então, a repor as *finestre* nos vãos. Apaga a tocha, revolve as cinzas na lareira e extingue a chama de uma lamparina; com a outra na mão, deixa o *Studiolo* e dirige-se à escada.

No quarto do casal, as tochas já queimaram. A lamparina emite uma luz tíbia e ele a protege com a mão, para não despertar Ginevra. Sua mão desenha-se, enorme, no corpo montanhoso da mulher, seus cabelos desfeitos sobre o colo nu. A chama hesita e extingue-se num sopro. Na sombra, o pintor pensa ouvir, não distante, o canto de uma cotovia...

Referências

BURKE, P. *O Renascimento italiano: cultura e sociedade na Itália*. Ed. Nova Alexandria: São Paulo, 1999.

FLASCH, K. *Das philosophische Denken im Mittelalter, Vom Augustin zu Machiavelli*. Ed. Reclam: Stuttgart, 1986.

HELLER, A. *O homem do Renascimento*. Editorial Presença: Lisboa, 1982.

LE GOFF, J. *Os intelectuais na Idade Média*. Ed. José Olímpio: Rio de Janeiro, 2003.

PARIS, J. *L'atelier Bellini*. Editions de la Lagune: Paris, 1995.

TEMPESTINI, A. *Giovanni Bellini; Leben und Werk*. Hirmer Verlag: München, 1998.

VASARI, G. *Lebensläufe der berühmtesten Maler, Bildhauer und Architekten*, Manesse Verlag: Zürich, 1974.

Um dia na vida de Schelling[1]

Canaletto (1687-1768). *Dresden a partir da margem direita do Elba, sob a ponte de Augustus (1751/53)*.

---

[1] Este texto foi publicado originalmente em alemão, em *Festschrift* para o prof. dr. W. Schmied-Kowarzik, intitulado "Kritik und Praxis", hrg. Von H. Eidam et alii, Verlag zu Klampen, Lüneburg, 1999, p. 148-161. Foi bastante alterado nessa versão portuguesa. O dia aqui descrito é uma ficção. No final de outubro do ano de 1909, após a morte da mulher, Caroline, em 7 de setembro, Schelling *não* se deslocou até Dresden. Oscilava entre Munique e Stuttgart, onde ministrava suas "Aulas Privadas". Se faço dele a figura de uma narrativa fictícia, pondo em seus lábios palavras que jamais formulou, imprimindo-lhe sentimentos e emoções que talvez nunca tivesse tido, se o faço viver situações não experimentadas efetivamente, é por ver nele uma personalidade filosófica que, já em vida, se tornou legendária. Legendária não só devido à ousadia de seu pensamento, senão também porque, contra todas as formas sociais estabelecidas, teve a coragem de amar. Isso faz dele o habitante de um mundo imaginário, a partir do qual o invoco, enquanto personagem. Tomo ademais a liberdade de, utilizando-me de uma determinada bibliografia (indicada ao final), tanto para os diálogos entre as figuras quanto para as descrições da cidade de Dresden e seus arredores, apenas indicar a fonte geral de onde os extraí, integrando livremente as citações ao texto.

É uma tarde de outubro. Schelling percorre as ruelas do Centro, ladeadas de edifícios públicos e privados, na dita "cidade nova" – que é, na verdade, a antiga Dresden. As construções, de cinco a seis andares, são feitas em pedra de cantaria, tendo, porém, muitas fachadas em ladrilhos, em geral de bom gosto. O calçamento é renovado com frequência, as ruas ventiladas por correntes frescas vindas do rio. Edificada entre montanhas próximas e distantes, o passeante tem nestas um delicioso anfiteatro natural.

O filósofo acaba de chegar em Dresden. Era já madrugada quando desembarcou no hotel obediente ao impulso de ver o lugar onde tudo iniciou. Na primeira visita à cidade, Caroline ela mesma lhe serviu de guia.[2] E ele imagina, agora, que as coisas relembradas possam trazer de volta a sensação da vida a ele de repente escamoteada por sua morte; sim, que, trazendo o passado ao espaço presente, o sentido de tudo, quem sabe, se mostre.

O cansaço da viagem pesando no corpo, ele procura ouvir, na sua voz sedutora, as histórias perdidas de ruas, de praças, igrejas e prédios antigos; busca ver seus contornos, lá atrás, ainda imantados de sua narrativa. Em uma pedra solta da calçada sente o corpo dançar, e a lembrança das vinhas, que sabe nesta hora iluminadas pelo sol a pino, lhe invade a consciência. Foi nesta ruela, e – quem pode saber? – sobre esta mesma pedra deslocada ao peso de seu corpo, que, no outono de então, Caroline os deixou prosseguir, a ele e ao bando irriquieto dos amigos, para, sem ela, abandonarem a cidade pela *Porta*

---

[2] Caroline Schlegel-Schelling (1763-1809), 11 anos mais velha do que Schelling, viveu com este o seu terceiro casamento e foi, talvez, à época, a mais admirada e odiada figura feminina do primeiro Romantismo alemão. Conf. in Caroline em Jena, p. 133-180.

Negra – e, entre as cores mutantes dos vinhedos, celebrarem o início da nova amizade.[3]

Cruzada a *Porta*, ele segue à direita, em direção às vinhas cultivadas ao longo do rio *Elba*, para daí gozar a vista da cidade. Olhos semicerrados, aspirando com força o cheiro adocicado das uvas, deixa o corpo cair sobre um banco de pedra. O mesmo, talvez, de onze anos atrás, em que se acomodou junto ao grupo de amigos, no parreiral berrando as cores de seu declínio. Schelling ouve, de longe, o ruído abafado da cidade, de repente encoberto pelas vozes vindas do passado. Vê, à sua esquerda, a figura de Hardenberg, olhos iluminados e os traços amáveis. Wilhelm serve-lhes vinho, e os cálices, no brinde, vibram ao som das risadas. É Hardenberg quem fala, espirrando entusiasmo: "Uma libação para os deuses! Esvaziemos os cálices!". Lançam-nos juntos, após, contra as pedras, onde eles se espatifam. Ouve o grito de Fritz, apaixonado: "Nenhuma separação! Nenhum ficar a sós! Seja-nos concedido um ir juntos a pique!"[4]. As feições

---

[3] Restavam, em Dresden, à época, poucas "Portas" ou "Portões"; eram construções sem graça, em estilo sombrio, destoando do resto, na cidade. Foi no outono de 1798 que Caroline e Schelling aí se conheceram, ela lhe tendo servido de guia. A dita "nova amizade" refere-se ao grupo convidado pelos irmãos Schlegel, para a temporada de estudos na famosa "Galeria de Arte" de Dresden. Depois disso, o grupo conviveu alguns anos em Jena, em intercâmbio social e intelectual de grande intensidade; para a seguir separar-se em meio a desavenças mesquinhas. Conf. in Gulyga.

[4] O barão de *Hardenberg* é o poeta Novalis; *Wilhelm* é W. Schlegel e *Fritz* é Friedrich Schlegel, figuras marcantes do movimento romântico, em sua fundação. Outras figuras importantes, nesse convívio, foram o filósofo Fichte, os escritores Tieck e C. Brentano, o físico Ritter, entre outros, além de personagens femininas interessantes, embora ferinas em suas antipatias mútuas. Goethe e Schiller assistiram, céticos, aos desdobramentos dessas relações. Conf. in Huch, R. *Die Romantik. Blütezeit. Ausbreitung und Verfall*, Rowohlt Verlag, Hamburg, 1985; e Safranski, R. *Romantik. Eine Deutsche Affäre*, Carl Hanser Verlag, München, 2007.

do filósofo ensombrecem. Bem demais, os deuses atenderam o desejo insensato...

Schelling sacode-se do devaneio e, pela mesma *Porta*, toma o caminho de volta à cidade, só parando na ponte, sobre o rio. A vista é encantadora. Se o leito do *Elba* vem estreito até próximo a *Dresden*, torna-se, aí, uma correnteza poderosa em harmonia com o fausto da cidade e da paisagem. Na direção do *Lausitz*, a cadeia de montanhas oferece uma vista estupenda. Ao longo do rio, as elevações, em parte selvagens, em parte cultivadas com videiras, formam um palco de beleza incomum. Surpreso, ele constata que a cidade ainda passa a impressão de antiga fortaleza, com suas circunvoluções elevadas feitas em tijolos, e os lúgubres *Portões*. Para além desses, abre-se a massa de edifícios e torres, que, então iluminada pelo sol, amaina a impressão confrangedora. O olhar do filósofo desliza, agora, pensativo, sobre as montanhas, além. Naquela primeira visita à cidade, eles haviam percorrido juntos a região inteira, suas planícies e cavernas, até a fronteira com a *Boêmia*, gozando a multiplicidade surpreendente da natureza. Para dela extraírem o rico material às discussões filosóficas travadas após, já que eles todos se sentiam aptos a "romantizar o mundo", a "potencializá-lo" em seu imaginário[5].

---

[5] Os primeiros românticos alemães, incendiados pelo discurso de Fichte acerca do "Eu", acreditavam que a força viva da imaginação fosse capaz de agir no interior e fora do "eu", no mundo pretensamente "lá fora" (eu e não eu se erguem juntos em um acontecimento único), podendo transmudar até mesmo a realidade objetiva. "Romantizar o mundo" significava agir em uníssono com essa força geral da vida, não só sobre si mesmos, senão também além de si, *potencializando-se, assim, qualitativamente*, e aos outros, na relação, a ponto de gerar uma realidade em todos os sentidos mais elevada que a existente, sobretudo moralmente. Conf. in Ricarda Huch, *Die Romantik. Blütezeit, Ausbreitung und Verfall*, Rainer Wunderlich Verlag, Hamburg, 1985; e Rüdiger Safranski, *Romantik. Eine deutsche Affäre*, Carl Hanser Verlag, München, 2007.

Chegado ao fim da ponte, ele dobra à direita, para o *Zwinger*, a impressionante construção em pedra a abraçar o quadrado de uma praça pública, junto ao *Novo Mercado*. Sua intenção é alcançar a *Galeria de Pinturas* localizada em uma asa lateral do castelo, onde um dia ficavam as "cavalariças" do duque.

Canaletto (1687-1768). *A praça do Novo Mercado em Dresden vista a partir do pátio dos judeus* (1749-51).

Ao lembrar o lugar, não consegue evitar um sorriso. Naquela época, e talvez ainda hoje, andava-se através de um pátio desolado, passando por estábulos e descendo, a seguir, por escada de pedras já gastas, até chegar a uma porta que só abria mediante o pagamento de um *ducado*. Os irmãos Schlegel tinham tomado posse da *Galeria* e, junto aos convidados, ocupado as manhãs com o estudo das obras expostas. Tomavam-se notas, discutia-se muito, e, à noite, no alojamento, ministravam-se e ouviam-se as aulas uns dos outros. Num entusiasmo quase infantil, queriam todos ser introduzidos nos mistérios da arte. Mesmo Fichte. Era cômico assistir a prontidão com que este se deixava arrastar por toda parte, a doutrinar pelos Schlegel.

Como se preso a uma fenda do tempo, Schelling detém-se sob uma arcada do *Zwinger*[6]. Sem contornos precisos, mas com força própria, jorram agora em seus sentidos, as formas e as cores das pinturas, os cheiros e o calor do espaço em que eles se reuniam, naquele período, durante as manhãs. Ele se tinha atrasado, aquele dia; e revive, em um nu – ah, com o mesmo prazer! –, a sensação da umidade que emanava das paredes, quando, apressado, penetrou na sala abobadada da *Galeria*. Sim, lá está ela, a alma cristalina! Caroline está diante de Fichte, o rosto voltado para a *Madonna*[7]. Deslocado da parede para um cavalete, o quadro servia, então, como modelo para os alunos nos seus exercícios; para que o analisassem e, às vezes, copiassem. Fixando o olhar em Caroline, como no passado, Schelling a ouve falar, o tom baixo da voz ecoando abafado entre as arcadas.

---

[6] O "Zwinger" (1752) foi uma das mais importantes construções do período de regência de Augustus II (1676-1733). Não é uma construção de bom gosto; seu estilo "florido", segundo os críticos, parece misturar o gosto italiano com o chinês. O pátio é como que a antessala do palácio. Augustus II fez dele um salão de baile ao ar livre, nas festas pomposas que encenava. Foi sob a regência de seu filho que a cidade se viu retratada em seu maior explendor por Canaletto. Conf. in Augusto.

[7] Trata-se aqui da "Madonna Sixtina" (1512/13), de Raffael (1483-1520). A tela foi comprada de uma igreja em Piacenza, em 1753/4. A Igreja fora dedicada ao santo Papa Sixtus, de onde a designação *sixtina*. Em geral, o quadro se encontrava no alto da parede e era preciso usar uma escada para observar a obra de perto. A pintura era, por vezes, deslocada para um cavalete, para que os estudantes de arte pudessem copiá-la ou estudá-la de perto. Esta Galeria tem uma pré-história (a coleção é iniciada em 1560), mas sofreu enorme impulso a partir de 1707, sob Augustus II. Foi então que ela se enriqueceu com obras importantes, vindas dos maiores centros europeus, inclusive de Praga. Conf. in Gemäldegalerie.

Rafael Sanzio (1483-1520). *Madona Sixtina* (1512).

"Como domar a língua", ela interroga Fichte, "de modo a que repita a elevação dessa expressão na face da mulher? Isso age tão imediatamente, indo do olho à alma, que não se chega às palavras, nem se precisa delas, para reconhecer o que está aí numa clareza indubitável, sendo impossível apanhá-lo de outro modo qualquer." Ela hesita, parecendo esperar que o filósofo reaja; mas não, e prossegue: "Impressiona-me, neste quadro, o fato de Maria não ser uma deusa. Tampouco o amor materno é acentuado, para conquistar-nos. Maria não segura a criança

43

amorosamente no seu braço; e a criança tampouco sabe algo da mãe, que está aí só para sustentá-la. Deus colocou-a nos seus braços, e é neste serviço sagrado que ela aparece à adoração do mundo." Fichte ainda cala concentrado na imagem. Ela volta a falar: "O que mexe comigo é a falta de qualquer paixão, já que, em seus olhos claros, a Virgem silencia por inteiro. Eu não posso negar, que – ao subir numa escada, para lhe ver de perto a face, quando o quadro ainda estava lá em cima, na parede –, aproximando o rosto da pintura, fui tomada de um breve calafrio; meu sangue congelou frente à luz desse olhar, que jorra de uma calma sobrenatural."

Fichte se volta, agora, em gesto brusco, para a amiga, e seus olhos como que a atravessam. Schelling sente-se ainda tocado desse olhar. Desde o primeiro encontro, teve a impressão de apanhar, nos olhos do filósofo, o indício físico do que se oculta na expressão "Eu sou Eu". "É aí que isso se concretiza...", ele diz, num murmúrio. E congelando a cena em seu espaço-tempo, acerca-se de Fichte, para observar-lhe os olhos, que lhe engolem o rosto a partir do interior. Estranhamente ausente, a luz que lhe encharca as pupilas não se dirige para fora como se a experiência que faz de si mesmo o cegasse para o mundo, catapultando-o a uma realidade outra. O único lugar sensível, em que seu espírito filosófico aparece, está na força visionária aninhada em seus olhos. De cada vez que ele se volta ao mundo fora dele, seu olhar desfalece, recolhendo-se em si, empobrecido. Agora, porém, tem o holofote das pupilas fixado em Caroline, e Schelling pensa ver nelas a dimensão espiritual de que brota sua fala.

"Querida amiga", diz Fichte, "o que você parece ver na *Madonna*, o que lhe causa o frêmito à transparência do instante sobrenatural, é a força da mesma vontade que escorre em cada ser humano e através de toda natureza. O querer, que é a vida, jorra não só desse ponto focal do olho divino; não apenas do olhar de Maria, onde se encontram a força maior e a calma absoluta. A correnteza luminosa atravessa igualmente o mundo material profano, produzindo e forjando a si mesma. Tal como escorre em nossas veias e músculos, ela se põe também nas plantas e animais, em tudo que se move e que se faz sentir, num impulso geral fiel ao princípio único de todo movimento; é ele que impele o abalo harmônico de um fim ao outro do universo."

Fichte se interrompe; e Caroline retoma a palavra: "Você está certo; é assim que vejo a natureza. E me pergunto, sempre, como essa força se resolve na morte... Na natureza, a morte é nascimento, e parece ser nela, justamente, que a elevação da vida se torna visível. Na natureza, é o que penso, não há princípio algum de morte; toda ela é vida, e nada mais que vida. Nela, o que mata, não é a morte, mas a vida mais viva; a vida que se desenvolve ocultamente por detrás da velha vida. É através da morte que a vida se eleva e cresce para iluminar-se em manifestações mais espirituais de si mesma..."

Ia prosseguir, mas Fichte a interrompeu: "No entanto", iniciou, "mesmo que o espírito impregne o mundo inteiro, esse acontecimento imensurável, que você experimentou ao contemplar a *Madonna*, é, de fato, monstruoso; e o calafrio a isso é, sim, a reação fiel da carne a si mesma. Frente à experiência do divino, eu diria ser essa a única reação possível à nossa sensibilidade. Pois, nessa experiência, a fronteira de nossos sentidos é tão violentamente ultrapassada, que, para apanhá-la em nossa carne, resta-nos só o sentimento do sublime. Como seres finitos, não somos capazes de vivê-la. Não me surpreende, por isso, que, referindo-se a nós, meros mortais, os gregos tomassem por aniquilador o olhar direto dos deuses, embora a eles pudessem unir-se no amor corpóreo..."

Num meneio impulsivo do corpo, Caroline se tinha aproximado de Fichte, e ia falar, mas parou percebendo a presença de Schelling. Sorriu para ele, inclinando a cabeça com graça sobre o ombro. Ele treme à lembrança; e recai no presente vendo a cena afundar na correnteza interior. Lamentara, lá atrás, o ter interrompido a conversa; havia lido, nos dois, um instante de forte comunhão, que se comunicou a ele ligando-o a eles pela mesma força mágica. Desde então, sabe-o há muito, apaixonou-se por Caroline; sem querer, desde logo, admiti-lo. Ele suspira fundo e, apoiado na arcada às suas costas, sacode-se do transe a que o arrastou a lembrança. A ideia de buscar a *Galeria*, ele agora a afugenta de si; não se deve forçar Mnemosine ...

Com passos inseguros, deixa a praça do Zwinger, para entrar na melhor, na mais brilhante rua da cidade, a *Rua do Castelo*, que o levará ao *Velho Mercado*. Respira com dificuldade à consciência voltada de *sua* morte. Sente-se oco, vazio. Sabe que só conseguirá superar tal sensação através do trabalho; mas precisa, também, dos abalos e choques externos, para encontrar alívio. Por isso, a viagem a *Dresden*. Muito jovem, ele aí tinha vivido o encontro com uma natureza deslumbrante e o início da grande aventura de sua vida. Com *ela*, a incomparável – a que tinha ousado a 'dança da liberdade'...[8]

---

[8] Referência à estadia de Caroline em Mainz, anos antes, quando, após a morte de seu primeiro marido, juntou-se a G. Forster e sua mulher, entre outros revoltosos, festejando com eles a Revolução Francesa. Abafada a insurreição de Mainz, Forster exila-se na França, enquanto Caroline, agora "desonrada", passa um tempo encarcerada na fortaleza de Königstein, em Frankfurt, junto à filha Auguste, de 7 anos. Foi seu irmão mais jovem quem conseguiu tirá-la da prisão através de uma amiga – mediante um relacionamento desta com o rei da Prússia (1793). Em consequência de breve aventura com um oficial do exército francês, Caroline tinha engravidado e teve um filho, que deixou aos cuidados de família local; o menino morreu dois anos após. Wilhelm Schlegel, que antes tentara sem sucesso desposá-la, deixa a Holanda, onde

Canaletto (1687-1768). *A Praça do Velho Mercado em Dresden, vista a partir da rua do Lago* (1750-51).

Chegado à praça do *Velho Mercado*[9], Schelling caminha aos tropeções, esquivando-se dos cavaleiros e soldados, que, entre xingamentos mútuos, nem percebem o caos que provocam em meio à multidão barulhenta. Topa, também, com pessoas educadas, em trajes bem cuidados, contrastando com as tendas sem gosto que enfeiam a praça. O ruído é enorme, intensificado pelos muitos coches que aí circulam. O filósofo escapa àquele picadeiro, no elegante *Café d'Europe*, onde toma lugar numa mesa à janela. No local, em uma mesa ao fundo, sentam três

---

então se encontrava, para ajudá-la. Na situação em que está, Caroline fica impedida de escolher livremente onde viver nas cidades alemãs. Em Gotha, é tratada como uma "criatura abjeta"; em Göttingen, declarada oficialmente "pessoa indesejada". Passando a ajudar Schlegel em seu trabalho de tradutor, entre outros, o sucesso deste é imediato. Os juízos linguísticos de Caroline tornam-se, para ele, imprescindíveis. A possibilidade de ele apresentar aos editores textos de alta qualidade literária depende, agora, sobretudo dela, o que completa o laço de cooperação e respeito entre ambos; sem paixão. Casam-se em julho de 1796, mudando-se imediatamente para Jena, onde Wilhelm – a convite inclusive de Schiller – passa a trabalhar. Conf. in Roßbeck, B., *Zum Trotz Glücklich (Apesar de tudo feliz). Caroline Schlegel-Schelling*, Siedler Verlag, München, 2008.

[9] A pintura apresenta *A Praça do Velho Mercado em Dresden, vista da rua do Lago*, obra de Canaletto, por volta de 1749-51. Nela estava o "Café d'Europe", em que, a seguir, temos a cena entre Schelling e Fichte.

oficiais, e, bem próximo a ele, uns tipos bem-vestidos discutem política. Toma-se limonada, sobretudo café, tendo à frente um pedaço de bolo, de torta, ou bolos fritos. Ainda assim, esses frequentadores parecem ter vindo nem tanto pelas ofertas da confeitaria, senão que pelos jornais expostos em quantidade e à disposição em várias línguas. Schelling folheia distraído em um periódico do dia, olhos voltados aos passantes, lá fora; sem vê-los, realmente. Seus pensamentos arrastam-se, indolentes, indo perder-se no vapor da grande taça de café que lhe serviram. Parece-lhe reconhecer esse perfume de um tempo anterior. O cheiro do café não o alcança, contudo, a partir desta taça à sua frente, mas de outra, menor e azulada, que ele percebe agora estar na mão de Fichte. Este a aproxima dos lábios, sorvendo, sem pressa, o conteúdo fumegante. Lá atrás, no passado, quando sentados, ambos, nesta mesma mesa...

Schelling tenta reter a lembrança, fecha os olhos e goza a sensação deliciosa de sua materialização. É um veneno ou um bálsamo, o que se move nele? Temendo ver desvanecer-se a miragem, ele se inclina sobre a mesa, aspirando com força o perfume que sobe da taça em suas mãos. Naquele mesmo dia, tinham vindo, ele e Fichte, até o *Café d'Europe*, para tecer adiante os pensamentos iniciados na *Galeria de Pinturas*.

"Há muito", é a voz de Fichte, que ele ouve, "o universo já não é mais, para mim, aquele em que uma vez acreditei: não mais o círculo retrocedendo em si mesmo em jogo repetido, sem cessar. Não mais aquele monstro a devorar-se a si mesmo, para outra vez parir-se como já era antes. Ele espiritualizou-se frente ao meu olhar, e traz em si o cunho próprio do espírito em seu progredir incessante para o mais perfeito, em uma linha reta que se vai perdendo no infinito..."

Schelling o ouve com certa impaciência. Naquele outono, Fichte ainda é, para ele, o filósofo-herói, conquistador da Terra da verdade; importa-lhe, porém, naquela tarde, retomar a pergunta que Caroline impediu-se de fazer ao surpreender sua presença, na *Galeria*. "Sei, sei!", ele interrompe Fichte. "É, entretanto, notável o fascínio que essa imagem de um círculo voltado sobre si mesmo exerce em nosso imaginário. Talvez porque, visto a partir de nossa perspectiva, seu movimento se repita ininterruptamente? Virá jamais a ser suspensa essa luta incessante entre morte e nascimento, esse perpétuo sofrimento no cerne da vida? Na natureza, há de ser, afinal, tudo novo e, ainda assim, sempre o mesmo? E nós? Também a nós ela haverá de impelir, sem descanso, adiante, até que, exaustos, desabemos também nos seus braços? Estou certo de que *se*, afinal e inevitavelmente, o círculo devesse ser quebrado, isso só se daria por um ato de pura liberdade. E a chave à solução desse enigma, quem a possui é, sem dúvida, o Orco. Volto, então, justamente por isso, ao ponto da conversa, a que você e a *Schlegelin* tinham chegado, essa manhã, quando os interrompi. Ela acabava de dizer que olhava a morte como um 'nascimento' no seio da natureza. Eu lhe pergunto, então, *onde situar,* no desdobrar-se do querer em geral nesse campo de guerra da vida, *a morte individual da própria personalidade?*"

Fichte reagiu gesticulando muito e obviamente irritado: "Como faz tal pergunta, meu caro? Acaso a *minha* morte poderia ser algo outro que um verdadeiro nascimento, um aperfeiçoar-se da vida em uma esfera mais elevada? Sim, *minha* morte, já que não sou uma mera representação e cópia da vida, mas carrego em mim mesmo a única vida originária, verdadeira e essencial? Não, nem mesmo a minha vida natural, essa mera representação da vida interior invisível aos olhos do finito, pode ser aniquilada pela natureza. Porque, se o fosse, ela precisaria poder aniquilar a si mesma; ela, que aí está meramente para mim, que não é, se eu não sou!" Fichte estava agitado, como sempre. Interrompeu-se e, abraçando com os dedos a xícara, levou-a à boca. Com os olhos perdidos na janela, foi bebendo até o fim a bebida já fria, sem parecer notar o ruído penetrante vindo da rua. "O próprio ato", ele prosseguiu, "mediante o qual a natureza mata um ser livre e independente, é o seu solene – revogável por toda razão – passar para o outro lado desse ato e por cima da esfera inteira que ela encerra. O fenômeno da morte é a escada, na qual meu olho espiritual desliza para a outra banda, para a nova vida de mim mesmo, e para uma natureza para mim. Se, portanto, alguém que eu amo caminha para fora da liga terrena, este arrasta consigo os meus pensamentos. Na verdade, esse alguém ainda *é*, e lhe é devido um sítio."

Emocionado, Schelling detém a cena, e a aproxima dos olhos. Os crescentes mal-entendidos entre ele e Fichte tinham-no feito esquecer a relação amigável de então. E se pergunta, agora, por que os dois – tão ligados em Jena – jamais chegaram a falar pessoalmente acerca de suas diferenças. Mesmo naquele seu primeiro encontro a sós, no "*Café d'Europe*", era-lhe já muito claro: se a natureza não pode aniquilar o indivíduo, isso *não é* devido a ela estar aí apenas para ele. A ideia de Fichte, de que o mundo fora da consciência seria meramente *posto* pelo sujeito cognitivo, sim, de que ele mergulharia no nada sem o seu olhar, isso era, já então, para ele, uma monstruosidade na, no mais, fascinante teoria do amigo. Que, para Fichte, o mundo dos sentidos precisasse cair em uma minúscula região da consciência, servindo apenas como impulso ao conhecimento teórico, sim, que não lhe coubesse qualquer significado especulativo, era-lhe já profundamente irritante. Ele há muito pensava a natureza e o espírito enquanto correlatos vivos e ativos. Mesmo considerando o *eu* enquanto o *meio-dia* dessa correlação, era-lhe inimaginável pensar em um sem o outro. De qualquer modo, já então, para ele, a natureza teria *em si mesma* o fundamento de sua existência – ainda que nela a consciência fosse um olho cego, ou, no máximo, sonolento. Já naquela conversa com Fichte, Schelling punha o *eu* como a mais elevada potência *da própria natureza*. Sem ousar, entretanto, falar-lhe a respeito; não, ao menos, abertamente. Por quê?

As badaladas do relógio de parede arrancam-no ao seu devaneio. Tomado de vertigem, o filósofo enxerga suas mãos sobre o periódico aberto na mesa; elas tremem.

"Mesmo assim, meu amigo", ouve-se murmurar ajeitando o jornal, "hoje posso sentir ainda mais fortemente o efeito iluminador de suas palavras. Como ouvi de você, naquela tarde, Caroline ainda *é!* Soube-o desde sua morte; e ocupo-me, desde então, quase exclusivamente com esta e outras questões de um mundo mais elevado. Sinto, *sei, em mim mesmo*, como ouvi de você, que "*lhe é devido um sítio...*" Está muito impreciso, ainda, em mim, o modo como experimento isso... Estou certo, porém, de que a existência espiritual pode mover-se apenas em um elemento sombrio, o qual não passa, afinal, de sua *base* natural, a saber, no corpo, no qual o espiritual acorda, para penetrar no mundo como elemento luminoso. Justamente, por isso, ouso afirmar a imortalidade corpórea. Não fosse assim, como pensar a sobrevivência da própria personalidade? Vinda da obscura natureza, ela tem algo físico em si. Em nós existe, sim, uma essência espiritual de nossa corporeidade; essência que só chega a libertar-se, em sua singularidade, quando nem os sentidos nem outros laços de vida amarram-na ao mundo exterior. Mesmo o meu luto, eu sei, pertence à mera esfera empírica. O laço de meu amor é indissolúvel, como o é, também, a lembrança de uma alma enraizada no mundo corpóreo. Não é acaso uma exigência de Deus, que o laço de meu amor afunde, ele também, na obscuridade corpórea?"

Só agora, ao olhar o relógio, ele percebe que bateram três horas. Levanta-se da mesa e paga a conta. Ao sair, o proprietário do *Café*, o mesmo italiano simpático de anos atrás, o cumprimenta na porta e agradece. Ele acelera o passo e volta à *Rua do Castelo*, para nela alcançar o *Hotel de Pologne*, onde se hospeda. Todo luxo de *Dresden* parece ter-se concentrado nesta rua. Agasalha butiques elegantes, joalherias, gabinetes de arte e lojas de pinturas. É a travessa preferida dos ociosos da cidade, dos estranhos e aventureiros de toda espécie; onde desfilam equipagens reluzentes, com cavalheiros vestidos à moda e acompanhados de belas mulheres. Nela reina também uma enorme algazarra. Empregadinhas e cozinheiras apressadas, em trajes típicos, soldados, damas com seus cachorros, pares elegantes e jovens estafetas apertam-se na multidão, fazendo da rua um alegre teatro de variedades. Diante do hotel, dois jovens serviçais descarregam de um coche as malas de família recém-chegada. Schelling passa por eles e avança no saguão. Sua figura chama a atenção, os olhares se voltam para ele. Há algo de determinado e enérgico em seus movimentos, em contraste com o rosto

A rua do Castelo em Dresden, com Hotel de Pologne.

ensombrecido pela ruga funda que lhe corta a testa. Uma hora depois, ele volta, apressado e dirige-se, a pé, em direção ao *Portão*[10], que o levará ao *bairro Pirnaico*, onde Caspar David Friedrich o aguarda no seu ateliê[11].

---

[10] Entre os "Portões" de Dresden (Portão Negro, Portão de Meißen etc.) este é o dito *Portão Pirnaico*, que levava ao bairro do mesmo nome; um bairro pobre junto ao rio Elba, onde morava o pintor C.D. Friedrich (1774-1840). (conf. in Goethezeit: imagem na p. 160).

[11] O pintor Caspar David Friedrich foi geralmente mal interpretado, em seu tempo. Figura solitária entre os pintores românticos, a modernidade de seu trabalho só foi percebida por poucos, então. Na crítica filosófica do início do séc. XX, ele ganhou, porém, como figura isolada no contexto do Romantismo alemão, um lugar comparável ao de Novalis, Tieck, Schlegel e do próprio Schelling. (conf. in Schmied, p. 14 ss.)

O Portão Pirnaico, em Dresden.

Por pouco, ele e o pintor se teriam encontrado, naquele outono de 1798. Quando o artista chegou a Dresden, Schelling e seus amigos acabavam de deixar a cidade. Friedrich não demorou, porém, a entrar em contato com o pensamento dos Românticos e com sua própria "filosofia da natureza", da qual sofreu obviamente influência. Também o filósofo ouvira muito acerca dele, não apenas de Goethe, senão também de Schubert[12],

---

[12] Gotthilf Schubert (1780-1860), médico, filósofo da natureza e místico, deslocou-se, em 1800, de Halle (onde estudava medicina) para Jena – atraído pelas investigações do físico Ritter sobre o galvanismo e sua influência sobre os nervos do corpo humano. Após falar com Ritter e ouvir Schelling, decidiu ficar na cidade por um semestre, assistindo as famosas aulas do filósofo sobre sua "filosofia da natureza". O impacto de ouvi-lo foi tão forte, que o comparou a Dante, o vidente de um mundo além deste mundo físico. Schubert escreveu textos que influenciaram E.T.A. Hoffmann, Freud e Jung. Para ele, os sonhos eram uma abreviatura hieroglífica, mais adequada à natureza do espírito do que a fala normal, permitindo rápidas associações cujas leis funcionariam como uma forma de álgebra mais elevada. No sonho, as leis seriam outras que as da vida desperta; nele o individuo poderia atingir uma consciência

Tieck e W. Schlegel; além de Caroline, é claro. Todos admiravam sua arte, embora Goethe o criticasse em sua tendência à mística; inadequada, dizia, à pintura de uma natureza real.

Um ano antes, pela primeira vez a óleo, Friedrich tinha pintado um pico de montanha imerso em forte neblina matinal[13]. A concepção do quadro abalava de tal modo as expectativas tradicionais de uma paisagem, que a obra se tornou o centro da disputa entre conhecedores de arte de diversas posições. Schelling havia lido as várias opiniões sobre esse novo conceito de paisagem; e tinha simpatia pela intuição da natureza que inspirava o pintor. O sentimento de uma natureza abandonada por Deus, expresso nesse quadro, havia de tal modo impressionado Caroline, que ela viajou a *Dresden*, para ver a pintura[14].

De fato, o caráter incomum do quadro perturba. O olhar do espectador vê-se impedido por imensa rocha, de enxergar o drama que transcorre atrás dela, e é o tema propriamente dito da pintura. Diante da pedra gigantesca, a atenção do espectador é dirigida a uma luz artificial, que perturba e até mesmo apavora; luz vinda do lado oculto da pedra e a propagar-se em raios poderosos, a partir de uma fonte invisível situada abaixo, no lado encoberto da montanha. No seu pico, uma escultura de Cristo na cruz, de costas para o observador, acentua ainda mais a falta de acesso ao drama ocultado. A cruz está voltada justa-

---

mais elevada. Entre outros, Schubert escreveu seu famoso "*Ansichten von der Nachtseite der Naturwissenschaft*" (1808), (Vistas sobre o lado noturno da ciência da natureza). Conf. também in Huch, R. *Die Romantik. Blütezeit.* Ausbreitung und Verfall, Rowohlt Verlag, Hamburg, 1985.

[13] Trata-se de pintura realizada por Friedrich em 1807/08, intitulada *A Cruz na Montanha*.

[14] A viagem de Caroline e suas observações sobre a pintura de Friedrich é mais uma licença literária que aqui me permito.

mente para a luz ou o acontecimento sobrenatural inacessível ao olho do espectador. De volta a Munique, Caroline qualificou como ambíguo o sentimento que a tomou frente à obra. A beleza incontestável da paisagem, com seus traços parcos e rudes, agira sobre ela em um misto de ameaça e promessa.

C. D. Friedrich (1774-1840). *A Cruz na Montanha* (1807-8).

"Em frente a esse quadro", ela disse, "não se experimenta o comumente observado *sentimento panteísta* provocado por uma paisagem. A natureza, em Friedrich, não só nessa pintura, gera antes a impressão de abandono, como se fôssemos arremessados de volta a nossa solidão. Nela, Deus nos parece ausente; ela deixou de ser o Seu palco, semelhando antes o espaço que nos sobra, quando Ele se retira; um espaço estranhado do homem, mudo e inalcançável..." Caroline chegou a comparar o que sentia com o que nela se passava ao ler certos textos escritos pelo marido, quando este fala sobre um fundo obscuro e inultrapassável na existência das coisas; um fundo em que se gesta a possibilidade do mal no mundo... Segundo ela, na pintura dessa natureza indevassável, Friedrich pareceria estar, intuitivamente, tematizando a relação daquele fundo tenebroso para com o divino. "O que ele aponta, no quadro, sem o representar", ela disse, "é *algo* incapturável por nossos sentidos; ou, se estes conseguem, de algum modo, apanhá-lo, isso não nos chega à consciência. Daí, justamente, o sentimento de abandono que essa pintura desperta no contemplador; e torna a coisa tão mais surpreendente! Pois é nesse sentimento de abandono que o quadro acorda em nós uma *esperança inexplicável* por ser tão incompreensível quanto inegável."

Caroline voltara a falar muitas vezes acerca de sua experiência no ateliê do pintor. "Friedrich me lembra", ela disse, uma vez, "aqueles sacerdotes de cultos arcaicos, que extraem da própria escuridão uma promessa." E completou: "Nessa pintura de natureza, o que mais me abala é, na verdade, o novo, o até aí insuspeitado em uma paisagem: o fato de o pintor não parecer enxergar a natureza, lá fora, senão *auscultá-la* em sua força interior caótica, ajudando-a a parir – na forma limitada da pintura – algo inimaginável, porque invisível para o nosso olhar".

Desde então, Schelling tinha querido procurar o artista. Não para ouvi-lo falar sobre o mistério da criação; sabe bem que quem cria não consegue falar a respeito. Tinha querido vê-lo, sentir sua presença, ouvir sua voz, para... Para tentar, talvez, adivinhar o que assim lhe permite acercar-se da natureza com tão singular sentimento religioso; um sentimento que pressente a ameaça do *nada* no cerne do existente.

Ao dobrar uma esquina, o filósofo topa com o *Elba*, e identifica o subúrbio *Pirnaico*, onde, à margem do rio, está a casa de Friedrich. Não custa a achá-la e se surpreende ao perceber inscrita, também nela, a pobreza do entorno. Antes de se anunciar, ele ainda se volta, a admirar a estrutura poderosa da única ponte que liga a nova à cidade velha, seus arcos como portões de rocha gigantesca sobre o rio. Mesmo daí se pode ver o intenso movimento que a atravessa, e é impossível não admirar a cúpula barroca da Catedral que domina a cidade. "Não deixa de ser irônico", ele pensa, "que toda essa pompa arquitetônica se deva à troca da crença católica pela protestante sob o domínio de Augustus, na Saxônia".[15] Sim, os tempos mudaram. Agora é Napoleão que ameaça a região com seus exércitos.

Abanando a cabeça, como a sacudir-se desses pensamentos, Schelling toca a aldraba enferrujada da porta e os passos do

---

[15] A descrição dada por Schelling refere-se à ponte e à vista de Dresden, cuja imagem (pintura de Canaletto) está na abertura deste ensaio (p. 37). Schelling faz referência ao fato de Augustus II ter tido de trocar a crença protestante pela católica, para ser coroado "Rei da Polônia" e exercer seu domínio na Saxônia (terra de origem da Reforma). Daí a invasão do luxo arquitetônico e dos novos hábitos barrocos, na região, vindos da França, Itália e Holanda. Dresden e seu entorno tornaram-se o palco de uma idade de ouro, da qual se aproveitou sobretudo uma corte impudica e frívola. Hoje é difícil imaginar, nas pedras enegrecidas dessa antes brilhante arquitetura, a festa que nela se encenou, no séc. XVIII. Após isso, a vida sem excessos se estabeleceu e mesmo os príncipes se contiveram e aburguesaram. Quanto a Napoleão, sabemos que, quando deste relato, sua influência era forte na Alemanha. Desde 1807 suas tropas se alojavam em Dresden e os arredores da cidade estavam já sofrendo destruição. Isso se intensificou a partir de 1809, a solução vindo só em 1815. Conf. in Augusto.

pintor ressoam no interior da casa. O corpo do artista recorta-se no retângulo de madeira: alto e magro, traços sérios no rosto, mas abertos. O homem lhe aperta a mão, formula uma gentileza e o conduz até o fundo, onde fica o ateliê. Schelling era esperado e, aí, sobre mesa minúscula, está um bule de chá junto às xícaras e o prato com biscoitos sob um guardanapo. Duas cadeiras de madeira, a cama estreita oculta sob um cobertor; e o cavalete de pintura. Não há tintas, pincéis, panos e outros utensílios naquele espaço. Esse despojamento lembra a cela de um Mosteiro, e a impressão se acentua devido ao vestuário do artista, semelhante ao de um frade.

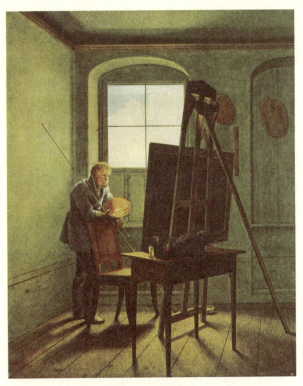

G. F. Kersting (1785-1847). *Friedrich em seu atelier* (1812).

O pintor o leva até a janela aberta à esquerda, no aposento, de onde se avista o rio e suas margens. A da direita está fechada por tapume de madeira. Ao longe, entrevê-se a cidade, para além da ponte e uma carreira de choupos, na margem oposta, encobre a meio umas poucas casas minúsculas.[16] Os dois homens trocam impressões acerca de *Dresden*. Friedrich é um *expert* a respeito, pois conduz incursões pela cidade e através da região. Bem-humorado e brincalhão, conta histórias jocosas acerca de seus habitantes, salientando uma e outra das figuras características. Durante o chá, falam sobre a situação política. O artista vive mais do que nunca recolhido, tão penosa e opressiva esta lhe pesa, no momento. Schelling concorda. Há muito deixou de ter simpatia pela revolução; hoje os franceses são seus inimigos. Sente, como o pintor, que se está indo aceleradamente em direção do abismo. Pode observá-lo enquanto conversam. O homem o agrada com seu modo direto, descomplicado e alegre, ao fundo. Tem a boca sensual, que, se aberta em sorriso, lhe ilumina o rosto duramente talhado, e o suaviza. Lembrando o lado obscuro de sua pintura, Schelling fica surpreso de não ler melancolia nos seus traços; menos ainda exaltação.

 Nenhum dos dois dirige a conversa para a arte. O filósofo se deixa guiar com prazer, sem querer forçar nada; mas, passado um tempo, pergunta pelo seu trabalho. Friedrich não hesita, o visitante está aí para isso. Desde essa manhã, após a vinda do

---

[16] A descrição desse ateliê e da indumentária de Friedrich tem por base em quadro de pintor seu amigo, Georg Friedrich Kersting (1785-1847), pintado em 1812/3. Conf. in Schmied. As vistas das janelas baseiam-se em quadros do próprio Friedrich, por volta de 1805/6. Conf. in: Hofmann, W. *Caspar David FRIEDRICH. Naturwirklichkeit und Kunstwahrheit*, Verlag C.H. Beck, München, 2000. A vista permaneceu a mesma quando, mais tarde, ao casar, Friedrich mudou para outra casa, maior, a poucos metros de distância.

estafeta – que lhe apresentou a solicitação acerca da possibilidade da visita e do horário adequado para ela –, ficara curioso de ter o filósofo em seu estúdio. Se sua obra teria algo a lhe dizer? Não lhe passa pela cabeça falar a respeito; sobre o que o move, essencialmente, ele guarda silêncio. A arte é sua religião.

Friedrich deixa o ateliê e retorna, minutos após, carregando uma tela avantajada, que deposita com cuidado sobre o cavalete. Já de pé, o visitante se acerca da pintura. O espanto que o toma é sensível. Os olhos do pintor prendem-se, brevemente, em seu rosto moreno... e ele se retira. Schelling nem o percebe. "O que acontece neste quadro?"[17], pergunta-se, atônito. Nada. O poder do vazio é assustador.

C. D. Friedrich (1774-1840). *O Monge à beira-mar* (1808-10).

---

[17] Trata-se da pintura "*O monge à beira do mar*" (1808/10); óleo sobre tela, 110 x 171,5 cm. O quadro encontra-se em Berlin, no Schloß Scharlottenburg, Stiftung Preußischer Kulturbesitz. Conf. in: Hofmann, W. *Caspar David FRIEDRICH. Natuwirklichkeit und Kunstwahrheit*, Verlag C. H. Beck, München, 2000.

Aí, os objetos escapam aos sentidos, o contemplador é roubado à realidade, sugado para dentro da cena pintada; e o filósofo já está na praia, junto ao monge. Aproximando sua cabeça à deste, ele fixa, sobre o ombro da figura, as duas eternidades – a do mar e a do céu –, que, engalfinhadas em luta, perdem-se acavaladas, no infinito. O ponto de encontro entre ambas, o início do embate monstruoso, está fora do quadro, no abismo. "Como trouxe a si mesmo a esse lugar desolado?", pergunta-se. "O que diz esse quadro? Troça do *sim* à vida? Aponta ao beco sem saída a que a esperança nos leva? Condenou-se a contemplar para sempre o divórcio irreparável do existente?"

Na tela, o monge acaba de voltar-se para o horizonte; isso, porém, parece ter acontecido desde sempre, eternidade afora. Ele não busca o olhar dos homens. Não, o que o tem prisioneiro são as formas a meio esboçadas do corpo do mundo. Formas emersas do enlace entre o seu próprio olhar e o que elas são nelas mesmas. É nesse interstício, que o universo inteiro se concentra; neste *eu* que, misturado ao mundo contemplado, se vai desfazendo com ele. Schelling ouve a si mesmo: "Ele alcançou, aí, a última fronteira em que o homem ainda consegue deter-se. O mundo empírico ficou atrás junto ao último marco da consciência transcendental. É entre uma coisa qualquer e nada, que o monge se equilibra, na linha invisível entre um primeiro ou um último trapo de vida... e a morte.

O monge ainda é, por certo, um *eu*; mas um *eu* que se encontra a si mesmo, onde ameaça afundar. E não pode voltar. A praia, faixa estreita de areia em que se apoia, é o derradeiro retalho em que se poderia, talvez, agarrar. Ponto extremo, em que mesmo a produtividade infinita, o embate medonho entre a matéria e o espírito, ficou no passado. Assim, em pé, o corpo levemente contorcido, o monge dá a impressão de mergulhar no horror originário do espírito. Petrificado pela danação por ele mesmo buscada, e, desde então, no aguardo de sua própria queda, ou...?"

Na tela, junto ao monge, Schelling vê-se arrastado ao cume da liberdade. Imóveis, ambos, entre dois infinitos: o de um mar soturno e o de um céu vazio. Como ele, o filósofo sente-se à beira de um colapso. É a tensão torturante entre duas atitudes frente ao mundo, que ele vê desenhar-se na figura hirta do quadro... e nele próprio. Ambas as atitudes dizem o mesmo: o exílio do homem, sua autoexclusão do todo. *Em uma delas*, o monge se empertiga, sublime, toma nas mãos o fado – e diz *sim* à própria danação; *na outra*, ele se curva, perplexo, a um apelo a ele estranho e inaudível – que ele ausculta, tremendo, nas bordas do todo. Aqui, ele é o êxtase puro... e sofre. Lá, é puro intelecto... e parece triunfar...

Schelling recua, desaba na cadeira. Friedrich tinha voltado, e o observa sobre a mesa. O lado esquerdo de seu rosto mergulha na sombra[18]; de dentro dela, o olho que o espia é assustador. Sente esse olhar como se lhe tocasse a pele. Oculto sob a sobrancelha espessa, este olho ganha a expressão de maldade e luto simultâneos, de grande sofrimento. Um sobressalto breve, e o movimento lhe desvia a vista para o outro lado do rosto à sua frente. Profusamente iluminado, ao contrário do anterior, o olho direito do pintor dá a impressão de estar pregado à face, como um foco de luz sobrenatural. Enterrado na caverna do olho, o azul cristalino da pupila não se volta para fora, é a impressão do filósofo. Recolhido em si

---

[18] Toda essa passagem (que trata dos olhos e do olhar do pintor) tem por base um *Autorretrato* de Friedrich, por volta de 1810, na imagem a seguir; desenho a lápis e giz, 23 x 18,2 cm; Berlim, Staatl. Museum, Kupfertishckabinett. Conf. in: Börsch-Supan, H. *Caspar David Friedrich*, Prestel-Verlag, München, 1990.

mesmo, esse olhar *não o vê*. Pelo contrário, volta as costas ao mundo. Sorte de inteligência ao mesmo tempo esclarecida e orgulhosa, autodominadora na soberba, e atrevida até mesmo na dor. Schelling crê surpreender a confissão metafísica do artista, na expressão discrepante dos dois olhos. O que acabou de ver, no quadro, espelha-se, agora, no rosto de Friedrich. Se as atitudes opostas do monge se alternam, no quadro, parecendo oscilar em fronteira invisível do cosmo, a discórdia espelhada no olhar do pintor denuncia duas almas em guerra, na face.

Autorretrato de C. D. Friedrich (1810).

"O que vejo emergir, aqui, no corpo de Friedrich", pensa Schelling, "são dimensões antípodas da existência. O olho na sombra é o homem natural, ainda inconsciente da separação do todo a que se condenou. Ele não sabe o seu exílio. Em seu pathos, o espírito decaído não sabe por que sofre. Nessa fronteira, o intelecto insiste em suas capacidades ordenadoras como se um fino véu lhe impedisse a visão da própria loucura. Isso se expressa na melancolia que agora o atravessa acenando de longe ao fundo mau, no espírito. Já o olho direito..." Schelling hesita, lutando com um sentimento ambíguo. "Estranha essa expressão de um espírito inteiramente consciente de si mesmo! Tem-se a impressão que, nele, a obstinação atingiu sua mais alta potência. Mesmo emitindo tal serenidade, parece mergulhado em um profundo autoesquecimento. Tão impessoal é a força desse olhar, que raia o sobrenatural. É neste olho iluminado, não naquele afundado na sombra, que se deve buscar, tanto a fonte do mal quanto do bem. A chave do quadro está aqui, no brilho espiritualizado deste olho direito. Seu enigma mantém-se, porém; tem de ficar indecifrável para o espectador. No quadro, como no olho-holofote do pintor, o bloqueio à visão do que ambos sinalizam faz parte do ser. Limiar em que o "eu" chega à fímbria da própria existência antes de mergulhar na morte..."

Schelling vê-se arrancado à sua concentração pelo pintor, que os serviu novamente do chá. A visão interior, subitamente enfraquecida, entra em luta com a solicitação vinda de fora. Na mão de Friedrich, o bule tem um brilho irreal. O filósofo o fixa, perplexo, busca entender o que *aquilo* procura dizer. Esforça-se por perseguir, reter o que sente; mas o bule já pesa na mesa, opaco... Perdida a visão; para sempre? Sorvem, agora, em silêncio, a bebida; ligados, talvez, pela mesma incerteza ou perplexidade. Friedrich busca uma vela e a acende. Schelling volta a cabeça para o quadro, mas já não o enxerga, mergulhado na sombra. Respira fundo, e se levanta. O pintor o imita. Apertam-se as mãos, agradecem, os olhos num assentimento mudo. Na porta, ainda se detêm, hesitam; mas não falam. Friedrich em pé, na moldura do vão até vê-lo sumir.

Pela *Porta Pirnaica*, o filósofo alcança as ruelas estreitas e já iluminadas do *Centro*. Como ele gostaria que esse dia jamais terminasse... Ouve o silêncio, agora. A cidade está quieta. "Como a alma de Friderich", murmura; "e tampouco se entrega, como ela... Por que o faria?"

Um vento forte impede-lhe os passos. Schelling resiste, e avança curvado...

Referências[19]

Obras utilizadas para a interpretação dos filósofos Schelling e Fichte:

SCHELLING, F. W. J. *Schellings sämtliche Werke* (Bde. I – XIV), Hrsg,v. K.F.A. Schelling, Verlag J.G. Cotta: Stuttgart/Augsburg 1859:

a. *Ideen zu einer Philosophie der Natur* (1797) II.

b. *Erster Entwurf eines Systems der Naturphilosophie* (1799) II.

c. *Einleitung zu dem Entwurf eines Systems der Naturphilosophie* (1799) III.

d. *Über das Verhältnis der bildenden Künste zu der Natur* (1807) VII.

e. SCHELLING, F.W.J. *Clara. Sobre a Conexão da Natureza com o Mundo dos Espíritos. Um Diálogo*, EDIPUCRS, 2. ed., Porto Alegre, 2015.

f. SCHELLING, F. W. J. *Philosophische Untersuchungen über das Wesen der menschlichen Freiheit und die damit zusamme-*

---

[19] Observação: as citações dos textos utilizados foram integradas livremente na narrativa, sem indicação de páginas.

nhängenden Gegenstände (1809), Suhrkamp Verlag: Frankfurt, 1988.

g. SCHELLING, F. W. J. *Schelling. Briefe und Dokumente*, hrsg. v. Horst Fuhrmans, 3 Bde., Ed. Bouvier: Bonn, 1962.

FICHTES WERKE, hrsg. v. I. H. Fichte: Verlag Walter de Gruyter: Berlin, 1971 ss.

a. *Die Bestimmung des Menschen*, Buch II S. 316-319.

Literatura consultada:

GULYGA, A. *Schelling, Leben und Werk*, DVA: Stuttgart, 1989. (cit. Gulyga)

HUCH, R. *Die Romantik, Blütezeit, Ausbruch und Verfall*, Rainer Wunderlich Verlag: Tübingen, 1985. (cit. Huch)

NEUMANN, P. *Jena 1800. Die Republik der freien Geister*, Siedler Verlag: München, 2018. (cit. Jena)

ROẞBECK, B. *Zum Trotz glücklich, Caroline Schlegel-Schelling und die romantische Lebenskunst*; Biographie, Siedler Verlag: München, 2008. (cit. Caroline em Jena)

SCHMIED-KOWARZIK, W. *Von der wirklichen, von der seyenden Natur*, Stuttgart, 1996: und „*Existenz Denken. Schellings Philosophie von ihren Anfängen bis zum Spätwerk.*", Alber-Verlag: Freiburg, 2015.

Obras utilizadas para a interpretação das pinturas e descrição de Dresden

ATHENAEUM; *eine Zeitschrift von A.W. Schlegel und F. Schlegel*, hrsg. v. B. Sorg, Dortmund. 1989, Teil I, S.126-131, *"Die Gemälde".*

CZOK, C. *August der Starke und seine Zeit*, Piper Verlag, München, 2006. (cit. Augusto)

DRESDEN zur Goethezeit; *die Elbstadt von 1760 bis 1815*, hrsg. v. Günter Käckel, Berlin, 1990. Todas as ilustrações em preto e branco, da cidade de Dresden, foram extraídas a esta obra. (cit. Goethezeit)

FÖLDÉNY, L. *Caspar David Friedrich; Die Nachtseite der Malerei*, Verlag Matthes & Seitz: Berlin, 1993.

GEMÄLDEGALERIE Alte Meister *Dresden; Katalog der ausgestellten Werke*, Herausgeber Staatliche Kunstsammlungen, Dresden, 1985. (cit. Gemäldegalerie)

JENSEN, J. C. *Caspar David Friedrich; Leben und Werk*, Ed. DuMont: Köln, 1991.

KÜGELGENS, W. v. *Jugenderinnerungen eines alten Mannes*, Verlag Hofenberg: Berlin, 1951.

SCHMIED, W. *Caspar David Friedrich*, Ed. DuMont: Köln, 1992. (cit. Schmied)

Lembrança de uma conversação fictícia[1]

... também outros sentaram-se assim há mil anos...,
ilustração de Sira Osmanoska/Alemanha, 2022.

"...por mais que mudem as peças e as máscaras no palco do mundo, em todas os atores permanecem sempre os mesmos. Sentamo-nos juntos, falamos e excitamo-nos uns aos outros; os olhos brilham e as vozes ecoam mais alto. Também assim sentaram *outros* há mil anos: era o mesmo e eram os *mesmos*, tal como será daqui a mil anos. O dispositivo mediante o qual nós não nos damos conta disso, é o *tempo*."
Arthur Schopenhauer
(Paralipômena II, 326)

---

[1] Este diálogo foi escrito originalmente em alemão, por ocasião dos 80 anos do Prof. Dr. Wolfdietrich Schmied-Kowarzik (11/3/2019). Conf. in Dialektik und Dialog, org. H. Schneider/D. Stederoth, Kassel University Press, 2019, p. 67 a 78. Para a correção da língua, no texto alemão, tive ajuda de meu marido, H. G. Flickinger. Na versão portuguesa, reescrevi e alterei significativamente o diálogo.

Era uma noite de inverno e a neve insistia em cair desde a tarde anterior. Reunidos na ampla sala de visitas dos Schmied--Kowarzik, em Kassel – esvaziadas algumas garrafas do belo tinto por eles trazido de Mödlin, a casa paterna de Wolfdietrich –, nós conversávamos. A hora ia avançada e há muito levara os demais convidados a se despedir. Georg e eu colávamos nas poltronas, talvez pelo fato de estarmos prestes a voltar ao Brasil e desejarmos gozar ainda um pouco a atmosfera acolhedora criada pelos anfitriões. Iris e Wolfdietrich são pessoas encantadoras, capazes de ouvir e entreter seus convidados com narrativas de toda sorte, Iris incentivando com maestria a conversa, se ameaçada de paralisia.

Naquela noite, eles trouxeram à baila um punhado de histórias curiosas, ditas *de assombração*, às quais eu mesma acrescentei algumas. Falávamos acerca de "mesas falantes", "visões de espíritos", "duendes", e outras aparições; hoje nada comuns, embora o fossem, nas conversas de adultos, no passado. Wolfdietrich lembrou situação semelhante em sua própria infância. Segundo ele, era já madrugada quando seus pais, mais alguns convidados, após trocarem entre si tais narrativas, recolheram-se aos quartos entre risos nervosos e arrepios. Do topo da escada e sem ser vistos, ele e as demais crianças ouviram tudo. Escondidos depois sob acolchoados, tentavam ocultar-se, sem muito sucesso, dos fantasmas invocados. Lembrando esse acontecimento, ele se perguntava, agora: "O que sentem a isso os pequenos, o que pensam dos ditos fenômenos *sobrenaturais*? O que *veem* eles, ao dizerem, *a sério*, que presenciaram algo assustador? Seja lá como for", concluiu, "aos seus olhos – aos meus, pelo menos, à época –, os falecidos não somem do mundo; permanecem nele, em presença invisível, que ameaça e protege a um só tempo..."

Na conversa a seguir, a pergunta surgiu sobre a crença na vida após a morte, exigindo de nós posição a respeito. A coisa nos pegou de surpresa. Falar honestamente sobre isso em nossos dias é no mínimo incômodo. Em geral, nem se aventa esse tema. Foi Iris quem falou primeiro. Era-lhe claro que a morte significa o fim definitivo de uma existência; nenhum *após* a cogitar. Georg a seguiu reforçando a opinião, ainda que, para ambos, seus próprios argumentos soassem nem tão consistentes.

Wolfdietrich reagiu, hesitante. Seria mesmo possível falar, assim, afirmativamente acerca da *não* sobrevivência à morte? "Sobretudo", falou, "porque o pensamento mostra sua maior gravidade justamente frente a essa questão. Sem esquecer, que grandes filósofos do passado atentaram ao tema e haverão de fazê-lo, por certo, no futuro. Passará para o *nada* uma vida, com a entrada da morte? Terei eu sido *nada* há cinquenta anos; e hei tornar-me *nada*, uma outra vez, após outros cinquenta?" Sem esperar resposta, acrescentou: "Poderia, por certo, ser assim. Mas não existe acaso muito, neste mundo, que testemunha contra isso? Não poderíamos, talvez, como Schelling, imaginar que a morte seria uma *reductio ad essentiam*? Mais ainda, que não só uma parte do homem seria imortal, senão o homem inteiro, ou, como diz o filósofo, o seu verdadeiro *esse*?"

Iris mostrou-se irritada e interrompeu o marido: "Por favor, Wolfdietrich, podes dizer-nos *como* o *teu* filósofo *esclareceu* isso? Se é que se pode usar, neste caso, esta expressão ..."

"Não te falta razão, Iris!", ele falou. "Schelling *não* o esclareceu; ele o *vestiu*, por assim dizer, com especulações metafísicas, na sua filosofia tardia. Tentarei resumir brevemente algo de sua argumentação, para tornar menos obscuras as suas conclusões. O homem, segundo ele, ao invés de subordinar sua vida natural ao divino, teria, erroneamente, ativado em si mesmo um princípio obscuro destinado, na origem, a manter-se em relativa inatividade no ser humano. Com essa ativação, contudo, a natureza ter-se-ia tornado *independente* do mundo espiritual; significa dizer, independente da parte nela responsável pela conservação da *base exterior* da vida *em seus limites manejáveis*. Com isso, enquanto ser natural, o homem teria sido deslocado de seu *verdadeiro esse* caindo em um *relativo não ser*. De modo que, para recuperar seu verdadeiro *esse*, ele teria de ser catapultado de volta àquele *Selbst* esquecido quando do deslizar malsão para fora de sua natureza originária. Como dar esse passo? É importante grifar que um tal deslocamento teria de dar-se *não* em relação à vida física em geral, senão em relação à vida física meramente exterior ou fenomênica; a saber, *mediante a morte*. Só nesta, ou através desta, seria possível ao homem remergulhar no mundo dos espíritos, para aí reencontrar seu *verdadeiro esse...*"

Foi Georg que interrompeu o amigo: "Queres dizer, Wolfdietrich, que, para entendermos o papel da morte na vida, teríamos de argumentar com a velha ideia de uma alma imortal?"

"Não apenas, meu caro...", apressou-se Wolfdietrich. "Aliás, *quem* argumenta aqui, como vês, não sou eu, senão Schelling... E, já que trazes à baila a ideia de alma, é importante saber que Schelling efetivamente a interpretava como o 'propriamente dito divino no homem'. A alma, segundo ele, não diz respeito ao pessoal, ao *Individuum* no homem, senão ao *existente* ou ao nele *impessoal*: instância à qual o *individual* se deveria submeter enquanto um *não existente* em relação ao *existente* – o que faz dela, portanto, algo que não perece, não morre. Schelling a vê como o 'céu interior no homem' – *algo outro que o espírito*, o qual, este sim, pode morrer. Eu não conseguiria aprofundar-me agora nesse tema; tinha, porém, de mencioná-lo, para indicar que, para o filósofo, o *melhor ou o divino* no homem, *o nele essencialmente imortal* é a alma, não o espírito. Este pode, é verdade, segui-la, na morte; ele mesmo, no entanto, é capaz de perder-se no nada... Por quê? É que, segundo Schelling, o espírito tem sua base no *Inconsciente* humano ou no nele propriamente dito *humano*, logo, no *não* divino – daí o espírito poder *perder-se*. É aliás a concepção dessa dimensão no ser humano – o Sem--Consciência, como ele diz –, que faz do filósofo um precursor não só de Schopenhauer, senão também de Freud."

Wolfdietrich se deteve imaginando que faríamos alguma pergunta. Admirados, porém, com o que acabávamos de ouvir, sinalizamos que ele prosseguisse em sua exposição. Que ele então retomou: "Importante a marcar, nas reflexões do filósofo acerca da morte, é a concepção de que, *no mundo físico, exterior*, o desenvolvimento humano encontra-se em uma *primeira potência* desse processo, sendo que *a travessia desta, para uma segunda potência dar-se-ia apenas através da morte*. Mesmo assim, se essa *segunda potência* é mais elevada que anterior (física ou meramente exterior), e compreendida por ele enquanto o *mundo dos espíritos*, isso *não* quer dizer que o estado aí alcançado pelo homem fosse o de um ser rarefeito como que puro pensamento. Pelo contrário!"

Wolfdietrich se deteve, tendo de rir à cara cética de Georg; e prosseguiu: "Uma tal suposição seria inaceitável para Schelling. O que *já éramos nós mesmos* neste mundo exterior, ele escreve, acompanha-nos para o *mundo dos espíritos,* quando morremos. Para trás, fica só o que *não éramos nós mesmos* (o meramente físico). Significa que *não só* o espírito humano passará para o outro lado, com a morte, senão também aquilo que, no próprio corpo e enquanto corpo, é espiritual, vale dizer, demoníaco. Ou, como Schelling o diz, o *físico essencializado*: um ser altamente real, bem mais real, na verdade, do que o próprio homem chega a ser durante esta vida."

Wolfdietrich foi até o aparador, serviu-se de água e bebeu, sem que qualquer de nós o interpelasse, e prosseguiu: "Como vocês podem ver, *não há*, na concepção do filósofo, uma separação absoluta do espírito em relação ao corpo. Se ele compreende a morte como uma *reductio ad essentiam*, isto significa que *não uma mera parte do homem é imortal*, senão *ele inteiro*, segundo o seu verdadeiro *esse*: alma, espírito e corpo. Não há, portanto, uma *negatio* do físico em sua filosofia; pelo contrário, ele chama a atenção a que, quando – na vida cotidiana – falamos sobre a aparição de *um espírito* a alguém, nós não dizemos *o* espírito, senão *um* espírito. Por quê? Porque, ao fazê-lo, temos em mente, intuitivamente e de modo correto, justamente esse ser físico altamente real ou *essencializado* do indivíduo humano: o *demoníaco*."

Ele calou, e continuamos mudos. Confrangidos, talvez, com o que acabávamos de ouvir? A atmosfera estava tão carregada, que, na ausência de toda corrente de ar, *vi* a cortina mover-se na janela, *ouvi* a porta ranger às nossas costas, e saltei da cadeira ao realíssimo estalo, que, vindo da estante de livros na sala vizinha, alcançou-nos a todos. O próprio Wolfdietrich pareceu não notar tudo isso; sorria a seu modo discreto e quase tímido como a se desculpar pela fala, a estranheza do dito.

Foi Georg quem primeiro venceu o silêncio, e, alisando a toalha com os dedos das mãos espalmadas, falou: "Bem, Wolfdietrich, vou seguir na tua linha respondendo com Lessing. 'Por que', pergunta-se este, 'não poderia cada homem singular ter existido mais de uma vez neste mundo? É essa hipótese considerada ridícula só por ser ela a mais antiga? Por que eu não deveria voltar, outra vez, a este mundo, já que estou determinado a alcançar, aqui, novos conhecimentos e novas habilidades?'." Georg disse isso em tom provocativo, olhando o amigo com um sorriso maroto.

"Pois é", riu Wolfdietrich, "o velho iluminista... Essa virada em direção à possibilidade de uma transmigração das almas, no pensamento de Lessing, causou grande alvoroço entre seus contemporâneos. Ele é, por isso, até hoje, acusado de irracionalismo. O próprio Schelling, antes dele, acreditou durante certo tempo em algo semelhante. Isto é, que, após a morte neste mundo exterior, o homem devesse regressar a ele, para sofrer um novo desenvolvimento. Decidiu-se, porém, por uma outra forma dessa *andança*. Creio que aconteceu após a morte de Caroline. Nas suas *Aulas privadas de Stuttgart* – a que já recorri na fala anterior –, a morte é uma linha de fronteira que separa a vida finita daquela do *mundo dos espíritos*. E seria justamente *neste último* que se daria um divórcio entre as boas e as más almas. Tal mundo seria, ademais, um *segundo período* no caminho espiritual do homem, *ao qual sucederia mais um outro*, este sim definitivo. Onde, então, mesmo o mundo do inferno se enobreceria, tudo voltando para Deus..."

Ele aqui se detém, e, com um gesto irritado da mão, prosseguiu: "Tenho de confessar, porém, que me é difícil suportar a especulação que sustenta essas *Aulas*! Gosto bem mais do modo como Schelling trata o sentido da morte, a imortalidade da alma e a possibilidade de uma existência após a morte, no diálogo *Clara*. A data em que o redigiu é improvável, mas pode-se imaginar que o tivesse escrito ou talvez retrabalhado após a morte de sua primeira mulher. Trata-se de um texto filosófico-literário, no qual ele *não busca esclarecer coisa alguma*; intenta apenas repetir uma conversação entre amigos. Conversação que, retomada em situações diversas, encena a reflexão conjunta acerca de questões que têm a morte como objeto; e mexe, assim, conosco, por dizer-nos respeito, sim, a todos nós, em um momento qualquer de nossas vidas... No seu *Clara*, Schelling deixa em aberto as questões trabalhadas, sem buscar simular a aparência falsa de um saber." Parecendo hesitar quanto a se deveria ou não continuar, Wolfdietrich ainda acrescentou: "Precisamos lembrar, ademais, que essa ideia de uma *transmigração das almas*, chamada por alguns de *reencarnação*, não foi ou é defendida apenas por pensadores que acreditam na força ativa do divino no mundo. É o que se dá, por exemplo, com Schopenhauer..."

"É verdade", fui eu, dessa vez, que o interrompi, "sempre me espantou o modo como esse filósofo, mesmo afirmando uma vontade cega como essência de todo o existente, desenvolveu de modo consequente a ideia da reencarnação! Claro que, neste caso, não deveríamos falar em *almas*, senão em algo como um *aevum*, um ponto eterno e cego no cerne de cada indivíduo. Também aí, como em Schelling, a morte se anuncia como o fim da individuação externa do homem. De tudo que vem a morrer, diz Schopenhauer, nada morre para sempre, tal como nada do que nasce recebe uma radicalmente nova existência. O que permanece é o tal *aevum*, que, como se uma semente, dá origem a um novo ser; este penetra na existência sem saber de onde vem e porque é tal como é... O nome que Schopenhauer dá a esse processo é *palingenesia*. O seu mistério, ele não o encontra, tampouco – como o fizeram Schelling e outros pensadores –, na *metempsicose*. Pois, enquanto nesta tem-se uma passagem da alma inteira para um outro corpo, na *palingenesia* o que acontece é uma *desagregação e um plasmar-se de novo, uma reprodução do indivíduo*. O que permanece deste, ao morrer, é a vontade, só ela; melhor dizer, *o aevum (o eterno)*, que, no momento de retomar a forma material, ganha também novo intelecto. Schopenhauer tenta tornar concreto esse processo descrevendo-o como uma desagregação do indivíduo: o que dele resta, como vontade, seria comparável a um sal neutro, cuja base, juntando-se após a outro ácido, chegaria a formar um novo sal. Segundo esta visão", continuei, "cada homem poderia ser considerado a partir de dois pontos de vista opostos: por um lado, ele seria o indivíduo fugidio e passageiro, carregado de erros e dores, a iniciar e acabar no tempo, ininterruptamente; e, por outro, o ser ancestral indestrutível, que se objetiva no existente como fenômeno, para tornar-se, após, um mero nada..."

Percebi que Wolfdietrich me olhava intrigado, querendo falar, mas continuei. "Uma palavra, ainda, por favor! *Se* eu bem te entendi, enquanto para Schelling o homem, ao nascer, cai em um relativo *não esse*, vindo, através da morte, a reencontrar o *verdadeiro esse* e assim desenvolvê-lo adiante, em um *mundo dos espíritos*, o que temos com Schopenhauer é o oposto: aqui, a necessidade da morte provém de que, em si mesmo, o homem não passa de um aparecer cego, sem existir de verdade. O curso da vida humana dá-se, então, de tal modo, que o indivíduo irá, normalmente, ao encontro da morte *ludibriado pela esperança* de uma eternidade com consciência de si..."

"Se assim fosse, de fato", Wolfdietrich reagiu, "um tal ser não teria algo melhor a fazer do que se apresentar em um mundo como este? Tudo que aí está deveria, penso eu, neste caso, acabar e morrer... Mas não diz Schopenhauer também que 'o que *não é deste mundo e a ele não quer pertencer*, sacode-o com toda violência de um raio, e *não conhece o tempo nem a morte*'...? Tipo esquisito esse Arthur, que, intentando unificar em sua filosofia todas essas contradições, decidiu comprar uma tal briga..."

"Talvez tenhas razão!", eu falei. "Se, para Schopenhauer, o indivíduo no homem não passa de breve *fulguração*, que a morte logo devora, ele admite também um mistério por trás do visível e, sobretudo na morte, uma forma de *aprendizado*. Escreveu, certa vez, que a vida humana 'seria comparável ao espetáculo oferecido por um microscópio focado em uma gota repleta de micróbios, ou em um (de outro modo) invisível acúmulo de ácaros num pedaço de queijo – cuja zelosa quezília nos *provoca o riso*'. E conclui que *se daria o mesmo com a existência humana*: seria sempre *cômico* o efeito de sua grande e séria atividade... Ora, isso que Schopenhauer expressa no seu modo cru, parece-me bem mais complexo do que há de parecer a um primeiro olhar! O que significa *cômico*, nesse contexto? Eu mesma o entendo como o espanto e o calafrio que nos toma à mera existência do mundo em sua insensatez, seu *nonsense*. Espanto e arrepio que nos sacode, *não* frente ao inesperado ou ao nunca sido, mas justamente ao toparmos com o banal, cotidiano; ao que nos é *dado* desde o nascimento. A saber, a existência do mundo, a vida humana, a inevitável presença de toda sorte de coisas que nos cercam, forçando-nos a percebê--las, a conviver com elas como se..., sim, *como se* sua presença maçadora *não* ocultasse enigma algum. Mas o *enigma* está aí, no banal, sensaborão do dia a dia. E *se ameaça* a consciência, e de súbito jorra apontando o *nonsense* do que existe, ele também *promete algo... algo* a ouvir... decifrar..."

Como ninguém reagisse à minha intervenção, Iris fez-me um sinal, para agora trocarmos os cálices. Foi um vinho mais leve o que buscou na adega – para os biscoitos delicados que ela mesma havia assado, prevendo o Natal. Bebericando o vinho e a mordiscar as *meias-luas de baunilha*, rimos de nós, olhos brilhando e as vozes repicando no ar.

Iris reagiu primeiro reencetando a conversa: "Por que as pessoas têm tal dificuldade com sua finitude? É uma pergunta simples, mas repleta de sentido. Eu a encontrei há pouco, na leitura de alguém que conheces, Georg, e sei que admiras. Refiro-me a Ernst Tugendhat. Nos dois textos que li, ele argumenta, não em relação a uma possível vida após a morte, que ele também presume não exista. Surpreendeu-me, de início, sua afirmação de que a *morte seria um caso de obviedade extrema*. Digo 'de início', porque ele logo esclareceu: tudo o que existe é *limitado* em múltiplos sentidos, sendo que o ápice dessa inteiramente normal experiência de limite e impotência é a experiência da morte. Diante dela, contudo, nosso *querer egocêntrico* fica perplexo; porque nela o limite e a impotência referem-se não apenas ao *como* do futuro, senão ao próprio futuro, ao seu fim. Como o 'fim', neste caso, é assustador, não espanta tentarmos negá-lo no tanto que possível."

Iris levou a mão à testa como a afastar um pensamento, e retomou: "Eu mesma me pergunto por quê o deixar de existir parece-nos de tal modo assustador. Não estou certa quanto a se, para mim, a ideia de cessar, de dissolver-me no nada seria tão apavorante quanto parece ser para Tugendhat e provavelmente para a maior parte das pessoas. Conheço algumas que, confrontadas imediatamente com a morte, comportam-se e agem de modo estranhamente sereno. Não sei como eu mesma haverei de sentir-me e reagir frente ao inevitável fim da minha vida. Porei para mim mesma a pergunta de como a vivi? Lembrarei todas as dúvidas e dores, que tantas vezes consegui reprimir?" Respirou fundo e concluiu: "Bem, meus queridos, tendo-me agora deixado infectar pelo que essa ideia contém de apavorante, eu pergunto a vocês: como viver frente à morte possível a cada momento?"

Georg reagiu ligeiro: "Como enfrentar esse acontecimento inevitável? Para te responder, Iris, eu me deixo guiar igualmente por Tugendhat. No texto de que falas, ele diz que evitamos a morte acreditando na vida além dela. Vedada esta saída a alguém, o que lhe resta? Sua resposta é a seguinte: essa *passagem* parece terrível só quando, a partir da perspectiva egocêntrica, tal pessoa não vê a não ser a si mesma. Frente à morte, porém, tal como diante de outras frustrações profundas, têm-se um motivo para desviar de si o olhar em direção ao outro, para o qual, afinal, independentemente da perspectiva egocêntrica, já estava sempre dirigido. Ainda que cada um permaneça sendo, para si, o *centro* do mundo, é-lhe também possível *tomar-se por não tão importante* diante do mundo e de outros desses *centros* no mundo. Um velho *topos*, bem sabes, é aquele, segundo o qual, frente à morte, o homem pode tornar-se consciente de sua insignificância. Na vida comum, todos se inclinam a ver-se como o *centro* do universo. O que é um erro. Eu, afinal, estou aqui, no mundo; sou uma mera partícula deste universo. A morte e a velhice dão-nos a chance de perceber esse erro e, de certa maneira, em meio ao teatro da consciência, conseguir deslocar-nos para *o lado*, para *fora do centro*. Verdade é que a ideia da morte – de morrer logo ou imediatamente – poderia ser, sim, a oportunidade de um *pôr-nos à margem do mundo*. Uma oportunidade que, segundo Tugendhat, talvez nos exigisse uma *postura mística*, uma postura serena, em que não mais nos levantaríamos contra o *fora*. Teríamos, então, não mais o universo *à nossa frente*; pelo contrário avançaríamos *de volta para dentro dele*. E o resultado desse movimento interior, desse regresso ao mundo nos levaria a não vivermos mais a morte como um acontecimento terrível..."

Wolfdietrich tinha ouvido curioso essas falas e, ao silêncio do amigo, tomou a palavra: "De fato, em seus últimos livros e já avançado em anos, é a partir da própria contingência e limitação que Tugendhat problematiza a vida. Podemos ou não aceitar a relativização que ele faz de sua própria importância no mundo. Em todo caso, Georg, esse recuo em si mesmo, esse pôr-se na margem, que acabas de descrever, significa, sim, um passo atrás, não só em relação ao próprio egoísmo, senão à egocentricidade, ainda que, mesmo nesse recuo – e ele insiste nisso –, o homem continue sendo um *eu*."

Ele fez uma pausa e retomou: "Se isso é verdade, Tugendhat não se contradiz ao afirmar ser possível ao homem o esforçar-se *de modo egocêntrico*, tentando libertar-se, aqui e agora, da própria egocentricidade, ao invés de o fazer com vistas a uma eventual existência após a morte. Como Iris sublinhou, trata-se, para ele, do sentido *desta* vida nas situações concretas de uma existência confrontada com a iminência da morte. O que acontece, nesse confronto, é coisa de cada um; será sempre algo outro que se dará, algo íntimo e singular, alcançável apenas pelo próprio *eu* que o experimenta. E isso valerá mesmo no instante em que esse *eu* não se encontre mais *à frente do universo*, senão tenha ido *de volta para dentro dele...*"

Voltei a interrompê-lo, aqui, lembrando um livro que acabava de ler: "Com certeza, Wolfdietrich, o que acontece nesse instante, quero dizer, nessa fronteira entre a vida e a morte de uma pessoa, deve ser tão importante, que ela não poderia, creio eu, estar ausente, isto é, inconsciente ou dormindo naquele átimo de tempo. Schopenhauer escreveu sobre isto em algum lugar. E surpreendeu-me, há não muito, no livro *Tugunska*, de Michael Hampe, de ler que o filósofo Feyerabend, quando profundamente sedado na mesa de operação – o médico tendo feito em seu cérebro o corte fatal –, teria acordado de repente abrindo os olhos de modo plenamente consciente... O que o terá empurrado a *ver* o instante da *passagem*?

"Esta experiência", Iris falou agora, "deve ser realmente a mais misteriosa de todas que um ser humano pode *viver*. E eu me utilizo aqui deste verbo de modo bem consciente. Nós, de fato, *vivemos* a nossa morte, ainda que não do modo como vivemos algo habitualmente. Tugendhat trabalha esse instante enigmático também na literatura, mostrando que, em cada confronto de uma existência com o seu fim próximo, é o *inconcebível* que ergue a cabeça. O exemplo literário que ele traz foi extraído ao *Guerra e Paz*, de Tolstoi, e se trata – permitam-me dizê-lo – da minha personagem preferida no romance: o príncipe Andrei Bolkonski. Andrei não morrerá, quando ferido na batalha de Austerlitz. Será, porém, mediante esse *recuo para fora do centro*, no teatro do mundo, que – estendido no chão e abandonado para morrer no campo de batalha –, olhando o céu, aí, *a partir da margem*, ele achará o sentido da própria existência. O céu descortina-se, alto, aos seus olhos, 'com nuvens deslizando, calmas, sobre ele'. O que o surpreende é jamais tê-lo visto desse modo antes. No encontro misterioso entre sua alma e o céu infinito, o que Andrei experimenta é, sim, o *inconcebível*; algo que Tolstoi deixa informulado e soa como uma *iluminação sem Deus*. Tugendhat quer indicar, neste exemplo, que é só ao *vivermos* a morte que nossa pergunta por ela recebe resposta. Resposta singular para um ser singular. É para Andrei que ela se abre. Só ele a compreende. Não nós, não Tolstoi, ninguém outro além deste que *vive* a sua própria morte... "

Iris se interrompeu parecendo cansada, mas, voltando-se a Georg, ainda diz: "Eu gostaria muito de te ouvir falar um pouco mais acerca do que indicaste antes como uma 'postura mística'. Se bem entendi, a partir dela a morte *não seria* um acontecimento terrível?"

"Posso tentar, Iris", ele reage um tanto sem jeito, girando o cálice vazio nas mãos, "mesmo que pouco afeito ao tema. Tugendhat ocupou-se extensamente com a mística, em seus últimos textos, mas eu escolho aqui, dentre todas, uma passagem para mim conclusiva a respeito. É quando ele remete a um dado da consciência que estaria na base da mística. Dado segundo o qual a consciência não alcança o universo e o destino na relação entre 'grande' e 'pequeno'. Dito de outro modo, frente ao universo e ao destino, a pessoa vê-se confrontada com uma grandeza especial, incomparável, poderosa e invisível, e a experimenta como misteriosa, amedrontadora e simultaneamente atraente. O aí vivido ganharia assim as proporções de um 'superpoder', levando o indivíduo a sentir-se minúsculo."

Voltando-se agora inteiramente para a amiga, ele sublinha: "Vê bem, Iris, a dita 'postura mística' é experimentada frente a um universo numinoso, vivido *enquanto Um*, no qual toda a pluralidade desaparece. Verdade é que, como qualquer de nós, o místico é um homem afundado no mundo empírico, de modo que, precisando lidar com o espaço e o tempo, ele sente, também, de modo concreto, a multiplicidade das coisas; ainda assim, já que *seu fim* é tornar-se *um* com o universo, ele percebe a multiplicidade como um *contexto unitário* inteiramente estranho à consciência *normal*. Significa que, estando embora dentro do mundo, ele recua, retira-se, abre mão de sua perspectiva egocêntrica – em relação à qual a morte é uma ameaça. E já não teme o próprio fim..."

Wolfdietrich, que tinha levantado a mão enquanto Georg falava, saltou agora da cadeira e, medindo o tapete a passos largos, pos-se a falar: "Eu poderia acrescentar ainda algo, com Schelling, quanto a quê essa 'postura mística' remete. Na sua última filosofia, dita *positiva*, ele também renuncia à perspectiva egocêntrica mencionada por Tugendhat. É quando subordina o pensamento a um existir *imprépensável* (àquilo que a consciência abandonou, esqueceu e é incapaz de lembrar), fazendo da filosofia um experimentar voltado ao que vai acontecendo existencialmente a cada um de nós, na vida. Aqui, esse *escorregar para a margem* de que fala Tugendhat é compreendido como um movimento que o pensamento faz em si mesmo, não apenas como uma *virada* ou *negação* interna a ele, senão enquanto um *ato de sair de si*, ou, como diz Schelling, um *êxtase*. Trata-se de um movimento que o indivíduo pensante só consegue realizar enquanto um *feito existencial do espírito livre* (nas suas palavras). Nesse ato, o homem abandona, de modo *extático*, a posição de querer ser apenas sujeito pensante. A consciência pensante não se quer mais *no centro*. Mais ainda, liberta dessa 'loucura' (do querer-se no centro) ela se entrega a um *existir imprépensável*. Também aqui o *eu se põe fora de seu lugar*. Essa descrição schellinguiana do êxtase enquanto um *deixar o próprio lugar*, considerando o 'centro' como 'loucura', lembra, sim, a 'postura mística' de Tugendhat. Esse ato de deslocamento do eu em relação ao centro, ato proporcionado pelo *êxtase*, pode ser igualmente compreendido como um ato consciente de autorresignação, de humildade, que transforma misteriosamente o sentido da morte para o ser humano..."

Wolfdietrich interrompeu-se, e seu cansaço era agora visível. Abriu uma nova garrafa de vinho, e verteu com cuidado a bebida nos cálices. Sentado à mesa, ergueu conosco um último brinde. Tocados por sua fala, teríamos querido que seguisse adiante; eu teria talvez trazido à conversa o ensinamento mais abissal de Schopenhauer, o sentido do raio que faz estremecer com toda violência o que não é ou não quer ser do mundo... Estávamos, porém, sem forças para continuar...

...e ouvimos o grasnar de um corvo,
ilustração de Sira Osmanoska/Alemanha, 2022.

Despedimo-nos de Iris ainda no apartamento; ele insistiu, porém, em descer até a rua conosco. Lá embaixo, a neve pesando nas copas das árvores, o silêncio das coisas nos contagiou. Sem muito falar nos abraçamos, e já nos afastávamos quando me ocorreu uma nova pergunta. Voltei atrás, Wolfdietrich estava na porta obviamente tremendo de frio: "Durante a conversa", eu falei, "mais de uma vez lembrei a nova teoria da Física acerca de uma pluralidade de mundos *reais*, nos quais nós mesmos, multiplicando-nos, teríamos a mesma vida ou talvez diferente da que temos no mundo presente. O que imaginas que aconteceria se os teóricos das 'cordas' tivessem razão? Quero dizer, se o dito 'multiverso' viesse a ser comprovado... bem... o inferno deste nosso mundo singular não se haveria de multiplicar, também, *ao infinito?*"

Wolfdietrich hesitou, o olhar perdido na calçada branca. E falou: "É o que parece... sim...; mas também a esperança..."

Acenamos mais uma despedida, e nos encaminhamos abraçados até nosso edifício, não longe dali; foi quando ouvimos o grasnar irritado de um corvo.

"Se, como nós, humanos, nesses mundos de *cordas* e *membranas*, os pássaros serão também os mesmos?", eu pensei alto.

"*Se também a esperança...*", Georg reagiu com um sorriso, olhos postos nas tílias curvadas à neve que ainda caía, "...eles *terão de ser os mesmos... como nós...*"

O corvo grasnou de novo... e o enxergamos voar no céu de chumbo.

Referências[2]

SCHELLING, F.W.J. *Stuttgarter Privatvorlesungen* (1810) e *Clara oder über den Zusammenhang der Natur mit der Geisterwelt* (porvavelmente entre 1809 e 1812), in Ausgewählte Schriften, Band 4, Suhrkamp Verlag Frankfurt am Main, 1985; *Clara ou acerca do nexo da natureza com o mundo dos espíritos*, trad. Muriel Maia-Flickinger, EDIPUCRS, 2015.

SCHOPENHAUER, A. *Zur Lehre von der Unzerstörbeikeit unseres wahren Wesens durch den Tod*, in Arthur Sopenhauer Sämtliche Werke, hrsg. von Wolfgang Frhr. von Löhneysen, Bd. 5, Cotta-Insel, Stuttgart/Frankfurt am Main, 1979.

LESSING, G.E. *Die Erziehung des Menschengeschlechts und andere Schriften*, Philipp Reclam, Stuttart, 1999.

SCHMIED-KOWARZIK, W. *Existenz denken; Schellings Philosophie von ihren Anfängen bis zum Spätwerk*, Verlag Karl Alber, Freiburg/München, 2015; *Vom Totalexperiment des Glaubens, Kritisches zu positiven Philosophie Schellings und Rosenzweigs*, in Der Philosoph Franz Rosenzweig (1886-1929), Internationaler Kongreß-Kassel 1986, Bd.II, *Das neue Denken und seine Dimensionen*, hrsg. von Wolfdietrich Schmied-Kowarzik. Verlag Karl Alber, Freiburg-München, 1988.

TUGENDHAT, E. *Über den Tod*, Suhrkamp Verlag, Frankfurt am Main, 2006, und *Egozentrizität und Mystik; eine anthropologische Studie*, Auflage in der Beck'schen Rehie, 2006.

GREENE, B. *Die verborgene Wirklichkeit; Paralleluiversen und die Gesetze des Kosmos*. Siedler Verlag, München, 2012; *Das elegante Universum; Superstrings, verborgene Dimensionen und die Suche nach der Weltformel*, Wilhelm Goldmann Verlag, München, 2006.

---

[2] Observação: os textos citados nesse diálogo foram levemente alterados e integrados à narrativa sem registro de páginas.

Schopenhauer e a "negação da Vontade": sua recepção por Richard Wagner em "O Anel dos Nibelungos"[1]

Introdução

Para os admiradores da obra de Wagner, tanto o projeto revolucionário afirmativo contido na obra de juventude quanto o pessimismo trágico que parece encharcar a obra madura ficariam nebulosos, não se tivesse em mente o convívio do compositor não só com o movimento romântico e o idealismo alemães, que o antecederam, senão e sobretudo, não se atentasse ao fascínio exercido sobre ele, a partir de certo momento, pela metafísica da Vontade, de Arthur Schopenhauer[2].

---

[1] Uma primeira versão, não idêntica à atual, deste texto foi publicada em *Festschrift* para Ricardo Timm, org. Bavaresco, A., Pontel, E., Tauchen, J., in *Tangências do Indizível*, Editora Fundação Fênix, Porto Alegre, 2022, p. 367-421.

[2] Schopenhauer, A. in V Bände (cit. Schopenhauer, etc.), hrsg. von W, von Löhneysen, Frankfurt am Main, Cotta Insel Verlag, 1960 ff. Wagner enviou uma edição de luxo do *Anel* para Schopenhauer (Natal de 1854), com a dedicatória: *Em sinal de veneração e gratidão*. O filósofo não reagiu, mas comentou que Wagner seria antes poeta que músico; Rossini e Mozart continuariam a ser seus preferidos. Leu, entretanto, o texto, e fez anotações. Sem, contudo, atentar ao pretenso pessimismo da interpretação wagneriana. Conf. in Hollinracke, R. *Nietzsche, Wagner e a Filosofia do pessimismo*

Na Alemanha, o incêndio romântico do final do século XVIII foi provocado pelos dois filósofos mais importantes do período: Kant[3] e Fichte. Por Kant, por ele ter desmascarado a autoilusão do Eu nos voos metafísicos além da consciência empírica, delegando ademais à Imaginação a forja das representações humanas. E por Fichte, para o qual o mundo passa a ser o produto de um originário e indemonstrável "Feito-Ação"[4], cujo agente – um poderoso "Eu Absoluto" inalcançável em si mesmo – traz o mundo à presença igualmente por meio da Imaginação. Só que, em oposição a Kant, Fichte a concebe como força divina de produtividade infinita. Pode-se bem adivinhar o quanto essas duas novas criações do pensamento filosófico hão de ter abalado a consciência dos "primeiros Românticos alemães", que, irrequietos e oprimidos pelas circunstâncias sufocantes de uma sociedade rigidamente estratificada, ansiavam por liberdade. Se a secura do texto kantiano os atraiu por lhes mostrar a força de seu próprio eu, na construção do mundo pelo imaginário, desesperava-os os limites que Kant nele ainda apontava, ao aparar as asas da imaginação[5].

(cit. Hollinrake/1986), Rio de Janeiro, J. Zahar Editor, 1986. (cit. Hollinrake/1986), Cap. 3, p. 78 e Nota 11, p. 301.

[3] Kant, I. *Kritik der reinen Vernunft*, hrsg. Von Wilhelm Weischedel, Frankfurt am Main, Suhrkamp, 1974.

[4] Conf. in Fichte, J. G., *Fichtes Werke*, hrsg. von I. H. Fichte, Berlin, Walter de Gruyter & Co., 1971. Aqui para a *Grundlage der Gesamten Wissenschaftslehre* (1794), (cit. Fichte/Grundlage), Bd.1/1971, p. 91 ss.

[5] H. Kleist é, talvez, o melhor exemplo da "perda" que a filosofia de Kant representou para alguns desses jovens. Em carta a amigo, ele expressa seu desespero em relação a não ser mais possível, após Kant, pensar na possibilidade de o ser humano alcançar uma "verdade" que o seguiria ao túmulo. Segundo ele, tê-lo compreendido o teria "abalado no santuário de sua alma". Ele, de fato, não se recuperou jamais desse "abalo", tal como, em diferentes graus, os demais românticos. Conf. in: Kleist, H. v., *Heinrich von Kleist Werke in einem Band*, hrsg. von Helmut Sembdner, München, Carl Hanser Verlag, 1966: Nachwort, p. 874.

Fichte emergiu como a partir do nada, no cenário intelectual. E justamente pela mão de Kant![6] Se de início o pupilo ensaiava continuar o mestre, isso de fato não aconteceu. Ao contrário de Kant, Fichte encontrou oculto no Eu o instrumento capaz de transformar o mundo ou de "romantizá-lo", como o entendeu Novalis[7]. A História, que até então oprimia esses jovens, faz-se, agora, com Fichte, um processo infinito, em que o Eu representa o papel de regente absoluto, quando, ao *querer* o mundo, é ele mesmo que o *põe* na presença. Em suas próprias palavras: "O Eu põe-se enquanto determinando o Não Eu"[8]. Não se pode afirmar, como às vezes se faz, tratar-se aí de um "eu pessoal" fechado na individualidade do próprio sentimento. Pelo contrário, ele é uma "Ichheit"[9], uma Egoidade inatingível para a consciência do "eu pessoal"[10]. Esta é uma instância misteriosa, que fascina os Românticos, porque lhes dá a esperança de, com ela, poderem transformar o mundo; de, mediante *a lembrança*[11], levarem-no de volta ao "Centro" de que se extraviou; de, através

---

[6] Fichte leu Kant e deixou o determinismo de lado. Procurou o filósofo e este o ajudou, com suas recomendações, a sair de uma situação de penúria, além de influenciar uma publicação de texto seu. Foi essa publicação que lançou Fichte no cenário erudito alemão. Conf. in: Jacobs,W. G., *Johann Gottlieb Fichte. Eine Biographie* (cit. Fichte), Berlin, Insel Verlag, 2012. (cit. Jacobs/ Fichte/2012), p. 44-51.

[7] Novalis, *Novalis Werke*, hrsg. und kommentiert von Gerhard Schulz, Studienausgabe, München Verlag C.H. Beck, 1987. (cit. Novalis Werke/1987); aqui para *Fragmente und Studien* (1797-1798): "O mundo precisa ser romantizado. Assim encontra de novo o sentido originário. Romantizar nada mais é que uma potencialização qualitativa", p. 384.

[8] (cit. Fichte/Grundlage), Bd.I/1971, p. 248.

[9] Fichtes Werke, Bd. I, *Erste Einleitung in die wissenschaftslehre* (1797). (cit. Fichte/Einleitung), Bd. I/1971, p. 500 a 505.

[10] (cit. Fichte/Einleitung), Bd. I/1971, p. 500-505.

[11] (cit. Fichte/Grundlage), Bd. I, 1971, p. 217 a 227.

da "anamnese" – como o afirmava Schelling confirmando Fichte –, curá-lo da "falha" no curso da história.[12]

Essa crença em um Centro ou uma Fonte sagrada na raiz do Eu, que passou a orientar a coorte entusiástica em seu percurso, remete a um período remoto na história do pensamento ocidental[13]. Rousseau já o tinha retomado ao referir-se à imediatez e à espontaneidade sufocadas e desfiguradas em um "eu" esquecido, vale dizer, traído em sua destinação originária[14]. Um eco disso, nós o ouvimos, após, no pré-romantismo de Goethe, quando *Werther* exclama: "Volto-me para mim mesmo e encontro um mundo."[15] Rousseau teria, por certo, repudiado esse anseio desmedido que encontramos no autogozo do gênio pré-romântico. Uma tal interioridade (entusiástica) soaria

---

[12] Schelling, F.W.J. Ausgewählte Schriften in 6 Bänden, Frankfurt am Main, Suhrkamp, 1985. Aqui para: *Stuttgarter Privatvorlesungen* (1810). (cit. Schelling/Privatvorlesungen), Bd.4, 1985, p. 94-5 e *Zur Geschichte der neueren Philosophie* (1833/34), (cit. Schelling/Geschichte), Bd. 4, 1985, p. 510-11. Com Schelling, o pensamento torna-se uma "anamnese" (seguindo a tradição do pensamento ocidental desde Platão), uma história a lembrar. Trata-se da Odisseia da autoconsciência, que, com Schelling, só mediante uma "despotencialização do Eu", faz-se o cerne da "filosofia da natureza". Só assim, segundo ele, seria possível suspender a "falha" ou a traição da natureza (pensada como em si mesma divina) pelo homem. Mediante a *lembrança*, o Eu seria reposto no *Centro sagrado*. Essa concepção encontra-se em sua plena consequência no escrito de 1801, intitulado *Über den wahren Begriff der Naturphilosophie und die richtige Art ihre Probleme aufzulösen*, Bd. 2, 1985, p. 16-23. Nesse texto, o filósofo desenha com clareza a sua profunda diferença em relação a Fichte.

[13] Essa tradição remonta a Platão, Plotino e Longino, atravessando a Id. Média e a Renascença. É retomada na modernidade no sentido de repor, no eu, a lembrança da *falha* ou da *ruptura* entre ele e sua destinação divina (que é a mesma da história e do mundo). Conf. in Yates, F. A. *A arte da Memória*, (cit. Yates/Memória) Campinas, Ed. da Unicamp, 2007. F. Yates trabalha essa tradição no seu livro.

[14] Rousseau, J. J. *Emílio ou da Educação*, Rio de Janeiro, Ed. Bertrand Brasil, 1992, p. 305 ff.

[15] Goethe, J. W., *Die Leiden des jungen Werthers*, München, dtv Verlag, 1978, p. 13.

perversa ao genebrino do século XVIII, embora ele tivesse experimentado, sim, essa dissociação eu/mundo denunciada no *Werther*. A diferença entre o suíço e os que vieram após, sentindo o mesmo, está em que os últimos, na exaltação do entusiasmo que os tomou, flertaram com a loucura, ficando por demais expostos às forças destrutivas embrulhadas nesse gozo doentio de si mesmos. Eis, diz Safranski, a consequência do recém-descoberto "prazer de ser um Eu". Um prazer execrado pelo Iluminismo, mas presente em Rousseau – no seu "vociferar de sonhos a partir da margem". Nele, contudo, esse gozo não chega a revelar todos seus malefícios[16].

O Romantismo é duplo. Se nasce e é alimentado da crença na essencialidade divina de um Eu que põe o mundo na presença e o amolda em processo infinito, ele acaba afinal por, justamente nele, descobrir a *falha,* a *perversão* que o infecta e ao mundo por ele produzido. Isso é visível desde os primeiros poetas do movimento: Wackenroder e Tieck[17]. No *Werther,* de Goethe, essa incompatibilidade entre o eu e o mundo mostra-se na consciência de que o eu tem de se sacrificar no confronto entre ambos. Agora, porém, entre os românticos, o mais perturbador, nessa constatação, é a consciência de que essa oposição não acontece só "lá fora", senão dentro do eu. Pensado inicialmente como divino, o Eu se descobre brotado a um abismo

---

[16] Conf. in Safranski, R., *Schopenhauer und die wilden Jahre der Philosophie; eine Biographie,* (cit. wilden Jahre) München, Carl Hanser Verlag, 1978. (cit. Safranski/ wilden Jahre/ 1978), Cap. 8. p. 183 ss.

[17] Wackenroder, W. e Tieck escreveram textos importantes para o movimento, já apontando o abismo que logo se abriria ao entusiasmo exagerado que os tomava frente ao próprio "eu". Conf. in Wackenroder W. und Tieck, L. *Herzensergießungen,* Stuttgart, Reclam, 1987; e Wackenroder, W. und Tieck, L. *Fantasien über die Kunst,* Stuttgart, Reclam, 1983.

de horrores. É importante lembrar que, desde o nascimento da filosofia no ocidente, até Rousseau, a história era também pensada como tendo sofrido um *desvio* e *esquecimento* em relação a uma *natureza originária*, divina em sua espontaneidade dadivosa. Só que, até aí, essa natureza originária poderia ser retomada na Odisseia de um eu que reencontra o sagrado nas próprias raízes. Pois bem, é justamente isso que agora se interrompe, no confronto exaltado do eu com o seu fundo obscuro. Eu explico: *se* o mundo real se vê agora extraído a um eu infectado do mal desde a raiz, tornou-se impossível ao homem lamentar o divino e a saúde esquecidos na origem; pois, *se* a "lembrança" lhe brota de um solo doentio, como reinventar o mundo a partir dela? Ao que parece, a velha narrativa tem de ser recontada; o *horror* passa a exigir o seu lugar na lenda. Não por acaso, os contos, as "Märchen" noturnas e beirando o abismo são tão apreciadas pelos poetas românticos. Isso não é de surpreender, pois, *se* as raízes do Eu se descobrem malsãs, *se* é Ele que carrega o gérmen dessa escuridão que encharca o mundo, cabe-lhe agora aceitar o confronto com o horrível; tem de obrigar-se a andar "até às gargantas em que o Pavor jazia...". É aí, como diz Rilke, que "*o horror sorri...*"[18]. Fundado na velha harmonia cósmica agora falida, o *belo* precisa de dar lugar ao *sublime,* ao desmesurado.

    É novo esse arrepio de horror, no século XIX? Nem tanto. Nos exercícios de uma milenar "arte da memória"[19], que nasce

---

[18] Rilke, R.M., Poemas. *As Elegias de Duíno e Sonetos a Orfeu*, 3ª Elegia, p. 202.
[19] Pouco conhecida, essa tradição iniciou na Grécia e atravessou a Id. Média e Renascença, influenciando os primeiros pensadores modernos, como G. Bruno, Descartes e Leibniz. Essa tradição liga-se, tanto ao passado dessa arte quanto a seu futuro; em Leibniz, as mônadas são almas humanas dotadas de memória e refletindo o universo como "espelhos vivos". (cit. Yates/ Memória, 2007) Cap. 17, p. 480.

na Grécia e percorre toda a Idade Média, percebe-se a angústia crescente vinda dos deslocamentos sofridos na relação homem/universo, quando seu centro de equilíbrio se vai aos poucos arruinando. Já no século XV, o mundo é experimentado como estando *fora dos eixos*. Se é, de início, lá fora, no exterior, que esse perder o pé se faz sentir – quando os círculos celestes, as esferas fixas sofrem os seus primeiros esfacelamentos –, será, em breve, a partir do interior que a "falha humana" virá se derramar no cosmo. É na Renascença que o anátema da transgressão deixa o casulo da alma; o universo inteiro (interior e exterior) está agora infectado pelo mal. *Macbeth* o denucia, ao dizer: "A vida nada mais é do que uma sombra que passa... uma história contada por um idiota, cheia de fúria e tumulto e nada significando"[20]. Nesse primeiro herói moderno (mais, talvez, que no indeciso Hamlet), dentro e fora tornaram-se um só. Não surpreende o fascínio exercido por Shakespeare sobre os Românticos.[21]

O caminho de Arthur Schopenhauer para a "negação da Vontade"

Se as dissonâncias inerentes à vida fizeram-se sentir com força na Renascença, atravessando o Maneirismo e os séculos seguintes com os mais sombrios pressentimentos, foi só no

---

[20] Shakespeare, W., Obra Completa em 3 volumes, Biblioteca de Autores Universais, São Paulo, Companhia José Aguilar editores, 1969. Aqui, trata-se da peça *Mackbeth*, p. 523.
[21] Shakespeare foi traduzido por W. Schlegel, que, junto de seu irmão F. Schlegel, pertenceu ao grupo dos primeiros grandes Românticos alemães, na mesma Jena em que lecionaram Fichte e Schelling. Foi ele o editor do *Atheneum*, um dos veículos de propagação das novas ideias.

século XIX, no pensamento de Schelling, que a consciência admitiu a loucura aninhada em suas sombras[22]. Schopenhauer, porém, foi além, muito além desse inicial desconforto. Ele ousou dizer "não" à ideia, própria aos seus antecessores, de "curar" o mundo de sua errância. Com ele, o mundo não apenas saiu de seus gonzos; ele jamais os teve. Desde a elaboração de sua *Dissertação* (1813), Arthur desloca para a "intuição empírica"[23] o solo e a chave de decifração do enigma do mundo; e o faz por descobrir no *sentimento imediato* de si mesmo um "eu outro", irracional, mesclado ao cognoscente[24]. Nessa *guinada* de acesso a si mesmo, ele constata que a consciência não é inteiramente inteligência; que, sem algo diferente dela a conhecer, sem algo não cognitivo, não há conhecimento. O conhecido, ele o vê com clareza, não é cognoscente; é outro que ele, de ordem *não* racional. E isso acontece tanto no conhecimento de objetos fora da consciência quanto naquele que se dá no *autoconhecimento*.

Kant havia mostrado que o eu cognitivo não pode conhecer a si mesmo, e, neste ponto, Schopenhauer lhe fica fiel. Em sua filosofia madura, ele compara a inteligência (consciência)

---

[22] Trata-se aqui das *Aulas Privadas*, de Schelling, que foram ministradas a um grupo de eruditos, em 1810. Nelas Schelling é claro quanto ao que está na base do espírito humano, quando decepado da alma, a saber, de Deus: a loucura ou o irracional. "A base do próprio Entendimento é, portanto, a loucura", ele diz. Esta não deve, contudo, atualizar-se. "O que nomeamos Entendimento nada mais é do que loucura *regrada*." O entendimento só pode mostrar o que é no seu contrário; e há momentos em que, no fundo de si mesmo, sob uma dor demasiada, por exemplo, ele não consegue dominar a "loucura bruxuleante", que lhe mora ao fundo. Isso acontece quando a alma, o divino nele, irrompe de modo apavorante na superfície, mostrando "o que é a vontade separada de Deus". (cit. Schelling/Privatvorlesungen), Bd. 4, 1985, p. 81-82.
[23] (cit. Schopenhauer/Dissertação), Bd.III/1962, §17, p. 42.
[24] O "sentimento interior" é, aqui, não "sensação", não físico, senão de ordem espiritual (Gemüt).

com o sol: o sol não pode iluminar o espaço, se nele não houver algum objeto, que lhe reflita os raios.[25] No autoconhecimento, o que a consciência conhece é, portanto, "algo outro" que o cognoscente. A saber, o "querer", e só ele. Não o querer racional, da vontade iluminada dos filósofos idealistas, mas um querer opaco, *irracional*. Em outras palavras, nessa vontade apanhada imediatamente no autoconhecimento de cada eu individual, trata-se de um desejar, aspirar, amar, odiar; de algo, portanto, que consiste imediatamente em bem-estar, em dor, prazer e desprazer: uma afecção, uma excitação, uma modificação do querer e do não querer. *Esse querer* é cego e bronco; mas é ele, só ele, que, ao contrário de tudo que se pensava até aí, está na base da consciência e a dirige.

É nesse passo que o filósofo descobre afinal a identidade da vontade com o corpo, já que *prazer e dor não são representações, senão afecções imediatas da vontade no seu aparecer: o corpo*. A isso, contudo, tal como às consequências disso, ele chegaria só depois de publicada sua *Dissertação*, no *Mundo como Vontade e Representação*.[26] Foi, entretanto, em seu primeiro escrito[27], como doutorando, que Arthur denunciou o equívoco

---

[25] (cit. Schopenhauer/W II), Bd. II/1960, §19, p. 260.

[26] (cit. Schopenhauer/W I), Bd. I/1960, §18 e §19.

[27] Já nessa entrada no mundo intelectual alemão, o jovem doutorando mostra que a razão, com a qual o ser humano se pavoneia, tem um conteúdo meramente formal, cujo tecido é a lógica. Ela tem formas, apenas; é feminina, não gesta nada. O que põe o mundo na presença é o entendimento, uma capacidade não racional, senão animal, de objetivar o mundo na presença. Todos os animais (mesmo os mais inferiores, como o pólipo da água) têm entendimento, do contrário não se orientariam no espaço e no tempo. São os sentidos que oferecem ao entendimento o tecido bruto, com o qual, por meio das formas simples do espaço, tempo e causalidade, ele consegue elaborar uma imagem de mundo corpóreo ordenado. (cit. Schopenhauer/Dissertação), Bd III/1962, §21 e §34.

do pensamento tradicional ao ter confiado sempre na luz da razão. Contra o discurso acadêmico de então, ele ousava apontar, no *sentimento imediato* de si mesmo enquanto "outro" do cognoscente, isto é, no querente, a identidade do eu como um indecifrável "nó do mundo".[28] O fundo problemático do existente já se anunciava, portanto, nessa entrada do iniciante a filósofo na cena intelectual alemã.

Verdade é que Schelling já havia topado com esse fundo problemático do existente, ao descobrir, na natureza, uma "vontade do fundo", uma "vontade própria" à criatura (*Eigenwille*), enquanto "mero vício, desejo, i. é, vontade cega", em luta permanente com o "princípio da luz".[29] Ao contrário dele, porém, Schopenhauer não vê, na natureza, esse outro "princípio" iluminado ou racional. Ele a vê atravessada e regida pela escuridão, de modo que recusa o *Sim* dirigido por Schelling à vida, tal como a crença no substrato divino, que resgataria a criatura de seu "fundo obscuro".[30] O mundo em que imergimos, Schopenhauer o irá repetir desde a adolescência, há de ser antes a obra de um Diabo.[31] Seja lá como for, o caminho de sua própria filosofia, ele o encontrou prefigurado em Schelling. Basta atentarmos a certas afirmações deste último, como a que cito a seguir: "Na última e mais elevada instância, não há

---

[28] (cit. Schopenhauer/Dissertação), Bd.III/1962 § 42. Nesse momento, Arthur declara a identidade do cognitivo com o conhecido (querente) em um eu, que ele reconhece ser o "nó do mundo", e ao qual nomeia "o milagre pura e simplesmente". Seria esse enigma, o enigma do mundo, que ele passaria a decifrar na sua obra posterior.

[29] Schelling. *Über das Wesen der menschlichen Freiheit* (1809) mit einem Essay von Walter Schulz, Frankfurt am Main, Suhrkamp Taschenbuch Wissenschaft, 1988 (cit. Schelling/Liberdade), p. 57.

[30] (cit. Schelling/Liberdade)1988, p. 104.

[31] (cit. Schopenhauer/W II), Bd. II/1960, Cap. 26, p. 452.

nenhum outro ser a não ser Querer. Querer é ser originário, só a este cabem todos os predicados do mesmo: sem fundamento, eternidade, independência em relação ao tempo, autoafirmação. A filosofia inteira esforça-se apenas por encontrar essa mais elevada expressão."[32] Schopenhauer interpretou tal "ser" de modo outro que Schelling, mas essa afirmação, como aliás outras tantas, ele por certo assinaria.

Podemos bem conjeturar ter sido a partir da descoberta de Schelling quanto à existência de um fundo irracional intratável à base da realidade, que Schopenhauer chegou a extrair a sua própria compreensão do que seria a "vida" ou o ser do existente. Se é verdade que, na concepção idealista do Eu Absoluto, o ser é pensado enquanto autoexplicitação afirmadora de uma vontade livre e de caráter essencialmente divino, foi, mesmo assim, a partir de um seu exame mais detido que, dentro do próprio Idealismo, nasceu a suspeita de uma perversão maléfica, espécie de maldição borbulhando nas raízes do Eu considerado livre e divino em sua essência. Em sua filosofia madura, Schelling viu desenhar-se nesses subterrâneos *um inconsciente irracional*, não só criador, senão também destrutivo. Schopenhauer, que o leu atentamente, parece ter partido dessa descoberta; mas foi além, para desmascarar o autoengano da razão na crença de que a vontade que a move seria de ordem divina.[33] Não há, segundo ele, resquício algum de liberdade na razão. Pelo contrário, só o irracional é livre. A metáfora usada pelo filósofo, para apanhar a relação entre a vontade e o entendimento, é a de um "cego poderoso, que carrega nos ombros o paralítico que enxerga".[34] Com isso, ele conclui, a existência humana está

---

[32] (cit. Schelling/Liberdade), 1988, p. 46.
[33] (cit. Schelling/Liberdade), 1988, p. 57.
[34] (cit. Schopenhauer/W II), Bd. II/1960, Cap. 19, p. 269.

fadada a ser infeliz; e inútil o esforço de buscar realizar, neste mundo, a própria felicidade.

Difícil, porém, o sacudir-se desse esforço, dessa autoilusão. Pois se trata, no mundo, de servir os "interesses"[35] do ser que nele se manifesta inculcando nas suas criaturas o mesmo impulso cego de afirmação da vida que o move. E dizer "vida", aqui, é o mesmo que dizer "vontade". Isso significa que, em cada consciência, por mais rudimentar que seja, há um sentimento que leva o indivíduo a sentir-se como "o ser realíssimo, reconhecendo em si o verdadeiro centro do mundo, a mais antiga fonte de toda realidade". Schopenhauer pergunta: "E essa consciência originária deveria mentir?"[36] Tal sentimento – que burla o "princípio de individuação"[37] nas criaturas – refere-se diretamente à Vontade ocultada em tudo que aparece. Mesmo o animal o sente, e até uma pedra o sentiria, se pudesse sentir. Os indivíduos, em geral, serão tragados pela morte na correnteza do devir, de onde tudo se arranca; não, porém, o seu cerne, a vontade que neles se enforma.

---

[35] Esses "interesses" servem à preservação da vida, sendo o instinto sexual o mais forte deles (cit. Schopenhauer/W II), Bd. II/1960, Cap. 44, p. 681-682. Há no indivíduo a capacidade de burlar tais "interesses", por exemplo, na contemplação estética, quando as relações reais entre as coisas se veem subitamente suprimidas em um "ver" desinteressado, isto é, liberto da vontade. Este já é um passo em direção à "negação da vontade" no homem. (cit. Schopenhauer/W I), Bd. I/1960, §37, p. 278-279 e §38, p. 280-282).

[36] (cit. Schopenhauer/P II), Bd. V/1965, Cap. 20, p. 25.

[37] O "princípio de individuação" é a causa, o fundamento da existência dos seres singulares *no tempo e espaço*. Schopenhauer o extrai à Escolástica. O outro princípio, ou "princípio de razão" (que determina a forma mais geral da representação: ser objeto para um sujeito), está contido nele. Ambos os princípios são o que bloqueia à consciência normal o acesso à "coisa em si" do mundo: a Vontade. (cit. Schopenhauer/W I), Bd. I/1960, §23, p. 173).

Esse "sentimento de eternidade", esse pressentimento de que *se é* a própria natureza, está presente em todo o animal, que vive como se fosse viver para sempre. No homem, embora sua razão lhe dê a "certeza da morte", sua "consciência vital" *não* a assume; pelo contrário, ela a ignora, em sua mera abstração, mantendo-se fiel ao "sentimento de eternidade" que a habita. De fato, se, para a certeza da morte, há uma infinidade de provas inquestionáveis, encontram-se também, entre todos os povos, dogmas acerca da uma forma qualquer da continuidade do indivíduo *após ela*. Para tais dogmas não há provas. Estas seriam, porém, desnecessárias, devido ao "sentimento de eternidade" que habita cada existente. Um sentimento "aceito como fato pelo entendimento saudável, e, enquanto tal, fortalecido através da confiança de que a natureza não mente nem engana, senão expõe abertamente o seu fazer e ser, expressando-o até ingenuamente, enquanto só nós próprios o obscurecemos através da ilusão, para daí extrairmos justamente uma interpretação do que nossa visão limitada aceita."[38]

Schopenhauer nos lembra, sem cessar, que "Vontade" e "vida" são o mesmo. De modo que, por estarmos repletos dela, não deveríamos temer por nossa existência sequer diante da morte. Mesmo sabendo que o indivíduo é desimportante para a vida (que o leva a desaparecer e reaparecer na sua superfície, indiferente ao sofrimento que o toma nessas caminhadas), quando passamos a considerar a vida de modo filosófico (segundo as suas ideias), compreenderemos que nem a Vontade, nem seus fenômenos ou seu espectador, o sujeito do conhecimento, serão tocados pelo nascimento e pela morte. Todas as velhas

---

[38] (cit. Schopenhauer/W I), Bd. I/1960, §54, p. 388-399.

mitologias entenderam que nascimento e morte pertencem igualmente à vida, mantendo-se em equilíbrio enquanto "polos de todas as manifestações da vida". Os gregos e os romanos sabiam muito bem que "a natureza não se entristece". Bastaria atentarmos a seu costume de enfeitar os sarcófagos dos mortos com festas, danças, bacanais, cenas de coito entre sátiros e cabras, etc.[39] Eles sabiam, sim, muito bem, que a procriação e a morte pertencem à vida, representando a potencialização daquilo em que ela consiste: a saber, na "permanente troca da matéria sob a permanência da forma", tal como na "permanente troca de indivíduos sob a permanência da espécie".[40]

A natureza é sincera, observa Schopenhauer, não mascara a verdade do aparecer da "coisa em si" no mundo. Tudo nela é ilusão, sucessão infinita de formas, para a satisfação da ganância insaciável do ser manifestado nela. Só as ideias, que permanecem no *puro presente* – a forma por excelência da vida –, têm realidade; *não* os indivíduos. De nossa perspetiva, na qual os indivíduos se acotovelam em sucessão infindável, podemos perguntar pelo que foram eles, pelo que deles foi feito. A vida nos responderá que nosso passado, como o dos demais indivíduos que sumiram na espiral do tempo, não passa de "um sonho vão da fantasia".[41] Só o presente é real, semelhando o rochedo em que a correnteza do tempo se quebra, sem arrastá-lo consigo.[42] Conhecendo o presente, não poderíamos temer a morte. Nela perdemos apenas a casca, o corpo que nos carrega; não a vida, jamais. Pois, se no Orco nossa vida se apaga, o "princípio da vida"

---

[39] (cit. Schopenhauer/W I), Bd. I/1960 §54, p. 381.
[40] (cit. Schopenhauer/W I), Bd I/1960, §54, p. 382.
[41] (cit. Schopenhauer/W I), Bd. I/1960, §54, p. 385.
[42] (cit. Schopenhauer/W I), Bd. I/1960, §54, p. 386.

manifesto no corpo – vale dizer, na casca que nos embrulhava e mergulhou no nada – não desaparece.[43]

Daí o "sentimento de eternidade" que nos acompanha. É essa "consciência sentida"[44] – como o filósofo a nomeia – que ele procura tornar clara em sua filosofia. Não, é preciso insistir, para nos "consolar" ou a si mesmo, senão precisamente para "denunciá-la" na sua raiz. Pois o que, assim, nos faz sentir-nos eternos, imorredouros, é o nosso algoz; o que, para satisfazer-se em sua ânsia de formas, nos condena a sofrer os nascimentos e mortes sucessivos, em que vamos sangrando pela vida afora. O fato de nos sentirmos eternos, Schopenhauer insiste, não nos pode alegrar, senão dar calafrios. Pois o que insufla em nós tal sentimento é um cerne irracional, sem fundamento ou fim, em esforço infinito e incansável de ser, sem objetivo algum. A nulidade da existência, devido justamente a isso, é um tema repetido em sua obra.

O "*tempo*", ele escreve, "é o que, devido ao qual, tudo, a cada instante, torna-se nada entre nossas mãos – mediante o qual tudo perde seu verdadeiro valor... Para nossa surpresa, eis que aí se está de *uma* vez, após não se ter sido durante incontáveis milênios, e, pouco tempo depois, não ser de novo pelo mesmo longo tempo. – Isso não é de modo algum correto, diz o coração; e, mesmo para o cru entendimento, é preciso que se abra um pressentimento da idealidade do tempo. Esta, junto àquela do espaço, é a chave para toda a verdadeira metafísica; porque, através da mesma, ganha-se lugar para uma inteiramente outra ordem das coisas que aquela da natureza... A cada noite somos mais pobres de um dia. Talvez enlouquecêssemos à vista desse

---

[43] (cit. Schopenhauer/W I), Bd I/1960, §54, p. 388.
[44] (cit. Schopenhauer/W I), Bd. I/1960, §54, p. 390.

decorrer de nosso curto período de tempo, se, na profundidade maior de nosso ser, não se encontrasse uma consciência secreta, de que a inesgotável fonte da eternidade nos pertence, para podermos, a partir daí, renovar para sempre o tempo da vida."[45]

Da possível "negação da Vontade"; o significado da morte, da velhice, entre outros, na vida

Tendo-se em vista essa interpretação, na verdade, monstruosa da "coisa em si", na filosofia de Schopenhauer, compreende-se que a questão metafísica por excelência, a que seu pensamento se volta, gire em torno, *não* à pergunta quanto ao porquê de a vontade ter-se decidido a pôr o mundo na presença – já que o pensamento humano não pode alcançar o nível em que isso acontece –, *senão* em torno àquela quanto a *se* ela seria capaz – aqui e agora – de *negar-se a si mesma* suspendendo o ato em que, de modo bronco e cego, trouxe à tona este mundo.[46] Podemos dizer que o esforço filosófico de Schopenhauer gira em torno *não* do ato inexplicável da vontade que pôs o mundo na luz – já que impossível entendê-lo –, *senão* em torno ao que, dentro do próprio ato, poderia revertê-lo, anulá-lo. Este o núcleo propriamente dito, a pedra de toque, o cerne de seu pensamento, que é essencialmente moral.

No exame impiedoso que o filósofo fez da Vontade em suas várias manifestações, ele concluiu que ela seria livre tanto para afirmar a si mesma (e o aparecer do mundo é o resultado disso) quanto para negar-se (cujo aparecer é incognoscível). Embora a

---

[45] (cit. Schopenhauer/P II), Bd. V/1965, §142 e 143, p. 334-135.
[46] (cit. Schopenhauer/W II), Bd. II/1960, Cap. 50, p. 822.

afirmação e a negação da vontade sejam, portanto, detectáveis no mundo, *fica insolúvel a questão* quanto ao *porquê* de ela ter-se afirmado. Logo, quanto ao *porquê* da errância e insensatez que a fez abandonar "a paz do bem-aventurado nada" antes de todo aparecer; quanto ao *porquê* de ter optado por gerar um mundo em que o sofrimento e a morte dominam.

"De onde saltou essa vontade", ele escreve, "que é livre para se afirmar (de onde o aparecer do mundo) ou para se negar (e cujo aparecer não se conhece)? Qual a fatalidade (além de todo aparecer) que a colocou na tão extremamente delicada alternativa de aparecer enquanto um mundo em que dominam o sofrimento e a morte, ou não aparecer, negando seu próprio ser? Ou ainda, o que lhe pode ter possibilitado abandonar a infinitamente preferível paz do bem-aventurado nada? Acrescente-se que uma vontade individual pode conduzir-se à sua própria perdição por erro de sua escolha pessoal, logo, por culpa do conhecimento. Mas a vontade em si, antes de todo o aparecer, consequentemente sem conhecimento, como pode ela perder-se, cair na corrupção de seu estado atual? De onde vem, afinal, a grande dissonância que a atravessa?"[47]

Diante dessas questões, ele acrescenta, nós topamos não só com a impotência de nosso intelecto, esse "instrumento da vontade", que delimita "os muros de nossa prisão"; mais do que isso, podemos provavelmente supor que não só para nós tal conhecimento seja inacessível, senão que a coisa nela mesma não possa ser absolutamente investigada.[48]

---

[47] (cit. Schopenhauer/W II), Bd. II/1960, Cap. 50, p. 822.
[48] Aqui, Schopenhauer cita Scotus Erigena (De divisione naturae, lib. 2, Cap. 28): existiria um "maravilhoso não saber divino, segundo o qual Deus não sabe o que ele mesmo é" (cit. Schopenhauer/ W II), Bd.II/1960, Cap. 50 p. 823.

O importante é saber que a alternativa para o ato afirmador da Vontade existiu desde sempre; e ainda existe. Teria sido possível, para a Vontade, negar o ser do mundo e sua existência; não só na origem, senão agora, aqui, dentro do mundo. Esse estado anterior, só apanhável na fala como um "nada", é a alternativa possível, devendo ser, porém, escolhida, desta vez, *com consciência e devido à consciência*. Pois é *dentro do mundo que a vontade abre os olhos, que chega a si* no autoconhecimento, a ponto de descobrir seu erro na consciência da desgraça infinita que a atravessa. O pessimismo de Schopenhauer não para, como vemos, na constatação do sofrimento que atravessa o mundo. Pelo contrário, ele extrai dessa constatação um significado moral para a existência no seu todo. "Que o mundo possua apenas uma significação física e nenhuma moral", ele escreve, "constitui o erro maior, o mais fundamental, a própria perversidade da consciência e provavelmente constitua aquilo que a fé personificou como o Anticristo."[49]

De fato, é a crença nesse significado moral inerente ao mundo que leva o filósofo a considerar justamente o sofrimento que o atravessa, como detentor de uma força transformadora manifesta sobretudo no confronto da consciência com a morte. "A morte", ele diz, "é o resultado, o resumo da vida ou a soma concentrada, que exprime de *uma só* vez o ensinamento total dado pela vida de modo isolado e aos pedaços, a saber, que todo esforço, cuja manifestação é a vida, foi algo frustrado, fútil, contraditório consigo mesmo, do qual voltar atrás é uma libertação..."[50] De cada vez que um indivíduo afunda na cor-

---

[49] (cit. Schopenhauer/P II), Bd. V/1965, §108, p. 238.
[50] (cit. Schopenhauer/W II), Bd. II/1960, Cap. 49, p. 817/18; e (cit. W I), Bd. I/1960, §70 p. 549.

renteza do devir, sua morte é a pergunta repetida sem cessar, pela natureza, à Vontade: "Tu tens o suficiente? Queres sair de mim?" Na individualidade do moribundo em colapso, naquele misterioso "olhar atrás" que o acomete, o querer pessoal pode sofrer uma guinada em direção a uma "eutanásia desejável".[51] É nesse limiar entre a vida e a morte – quando o decorrer de uma existência parece condensado à consciência racional humana em toda sua insensatez e sofrimento – que a *virada* pode acontecer. Virada em que a vontade pode decidir negar-se, dar as costas à vida. Essa seria, segundo o filósofo, a *única entrada do grande mistério da liberdade no mundo*. Segundo os místicos cristãos, esse seria o *efeito da graça* no mundo do aparecer, que leva ao verdadeiro *renascimento*.[52] Não só nesse instante da morte, porém, pode dar-se a virada. Na velhice, também, pode ocorrer de as "ilusões", cujas quimeras se apresentam "como os bens mais desejáveis", desapareçam, abrindo à consciência "o conhecimento da nulidade de todos os bens terrenos". Vários são os caminhos até esse conhecimento, embora o do sofrimento seja o mais frequente. Precisamos sofrer, para abrir mão de nossas ilusões.[53]

Como os demais pensadores antes dele, Schopenhauer descobre, portanto, uma "falha" no cerne do existente. Aqui, é a Vontade, a "coisa em si" do mundo, que carrega a "culpa". Foi afinal de *sua decisão cega e livre pelo aparecer da vida* que o mundo emergiu na presença. Sua "culpa" teria sido *a decisão de abandonar o estado de repouso em que antes se encontra-*

---

[51] (cit. Schopenhauer/W II), Bd. II/1960, Cap. 49, p. 818.
[52] (cit. Schopenhauer/W I), Bd. I/1960, § 0, p. 548. "*Necessidade* é o reino da natureza; *liberdade* é o reino da Graça.", p. 549.
[53] (cit. Schopenhauer/W II), Bd. II/1960, Cap. 49, p. 814.

va. Culpa, portanto, impenetrável, porque inalcançável para o entendimento humano. Mesmo assim, o sofrimento e a morte que atravessam a vida, são testemunhos do "erro" em que ela mergulha. Schopenhauer remete ao divórcio, à essencial desunião da Vontade em relação a si mesma; desunião propagada às criaturas nos nascimentos e mortes infinitos que as dilaceram. A morte é a "punição" maior, a que está condenado cada ser vivo.[54] Se nos fosse possível, portanto, compreender a *relação entre a morte e a vida* ou o golpe de prestidigitação que as enlaça, encontraríamos a solução do "por que" e do "de onde" a vida brota. Como chegar a isso, porém, se não podemos nos posicionar acima ou abaixo desse misterioso abraço?[55]

Buscando resolver essa dificuldade, Schopenhauer encontra no indivíduo humano o único ser apto a *desmascarar, mais ainda, a negar em si mesmo essa vontade equivocada*. Porque a ele é possível não só tomar consciência de que a vida é um erro, senão e sobretudo de, *mediante esse conhecimento*, desejar negá-la... Mas como? Pois, afinal, é só para satisfazer seus próprios "interesses"[56] que Vontade submete as criaturas a uma

---

[54] (cit. Schopenhauer/W II), Bd. II/1960, Cap. 48, p. 772-773.
[55] (cit. Schopenhauer/P I), Bd. IV/1963, *Aphorismen zur Lebensweisheit*, p. 592.
[56] Os "motivos", aos quais o intelecto obedece, expressam os *interesses* da Vontade, os quais se expressam sobretudo no impulso sexual, o mais ativo de todos os instintos, que leva ao enamoramento cujo único objetivo é a conservação da espécie (cit. Schopenhauer/W II), Bd. II/1960, Cap. 44, p. 681-682). O sofrimento e a iminência da morte são meios de o intelecto perfurar o "véu de ilusão" que o envolve e desmascarar tais interesses. Mas há, também, no homem em geral, uma capacidade de "agrado" ou "prazer estético" (cit. Schopenhauer/W I), Bd. I/1960, $37, p. 277-278 – que lhe permite *burlar, por instantes, tais "interesses"*, percebendo à sua frente *seja lá qual for a coisa nela mesma* (roubada à "realidade", pois "cada coisa é bela", se vista em si mesma ou decepada à cadeia causal. Essa é a capacidade da "contemplação" própria ao artista. A contemplação é isenta de subjetividade, portanto, pois é nesta que a vontade pessoal secreta sua teia de interesses a serem obedecidos. (cit. Scho-

necessidade rígida. Mesmo assim, por mais que ela *obnubile* o entendimento humano camuflando o que a move nos motivos que o orientam a tomar decisões[57], há um grau de autoconsciência em que essa ilusão perde a força. Isso, por certo, a Vontade mesma seria *incapaz de prever*, na sua cegueira, quando trouxe a razão à presença! Destinada a ampliar o raio de ação e autossatisfação da Vontade, ao abrir diante dela um espelho neste mundo opaco, a razão e só ela chegará a lhe opor resistência. Levando a Vontade, em sua ânsia de ser, a *se* reconhecer na sua superfície enquanto autoconsciência individual humana, será a razão que, como a velha Medusa, a levará a "congelar" à visão de si mesma no espelho... Este é, de fato, um pensamento muito misterioso... É na razão humana, só nela, que a Vontade abre um olho para si mesma; e ao *se* reconhecer, há de chegar também a *se* desmascarar. Para poder negar-se, contudo, ou suspender, a partir de si mesma, a decisão de se manifestar, seria necessário que o "eu do querer" pudesse abandonar o nível empírico em que se mostra ao "eu cognitivo." Mas como? O indivíduo, enquanto vontade iluminada pela luz da razão, teria de burlar

---

penhauer/W I), Bd. I/1960, §38, p. 280-282.

[57] Já em sua Dissertação, Schopenhauer expõe sua concepção da "lei da motivação", na qual virá reconhecer "a causalidade vista a partir de dentro" no "princípio de razão suficiente do agir". (cit. Schopenhauer/Dissertação), Bd. III/1962, §43 e 44, p. 172-174. Como é a vontade pessoal no indivíduo, que põe em funcionamento todo esse aparato, é ela que determina os motivos de toda a ação humana a partir de seus próprios interesses. Essa atividade da vontade é tão imediata, que a consciência não chega a perceber que, mesmo nos seus menores juízos, se está submetendo aos interesses da vontade (idem). Isso acontece porque o intelecto é trazido à presença pela natureza, para ficar a serviço de uma vontade individual. Para um melhor esclarecimento de como funciona a consciência, segundo Schopenhauer, ver o capítulo sobre a "associação de pensamentos" no volume II do "Mundo" (cit. Schopenhauer/W II), Bd. II/1960, Cap. 14, p. 171-176.

o "princípio de razão" que o amarra às leis e determinações da representação/objeto[58], a ponto de se *decidir a não mais existir*.

Do "caráter inteligível"

Onde apoiar tal decisão, se, no nível empírico, a consciência não pode deixar seu casulo sensual? Há, contudo, no "eu", Schopenhauer o afirma, uma instância que escapa ao nível da "consciência empírica" indo afundar no Incondicionado. Ele apoia-se em Kant, em primeiro lugar, para afirmá-lo, ainda que pelo viés de Schelling, no "*Escrito acerca da liberdade humana*"[59]. Segundo Schopenhauer, o "vívido colorido e concretude"[60] com que o filósofo aí expressa essa instância – o "caráter inteligível" de Kant – a teriam tornado bem mais compreensível ao leitor. Trata-se, nela, de uma *vontade individual eterna* ao fundo do Eu, de modo que cada indivíduo humano traria em si uma *essência eterna* enquanto o "*seu próprio feito*".[61] Mesmo elogiando Schelling, Schopenhauer o acusa (injustamente) de não ter mencionado Kant nesta passagem.[62] Em todo caso,

---

[58] (cit. Schopenhauer/Dissertação), Bd.III/1962, § 21 e 34.
[59] O dito "Escrito sobre a Liberdade" (cit. Schelling/Liberdade) é considerado por alguns de seus intérpretes como tendo contribuído para a "má fama" do filósofo. Eu mesma o considero não só um belo texto, senão esclarecedor da passagem da "filosofia da natureza" à sua filosofia madura.
[60] (cit. Schopenhauer/Preisschrift), Bd. III/1962, §10, p. 706.
[61] (cit. Schelling/Liberdade), 1988, p. 77.
[62] Schopenhauer considera essa concepção do "caráter inteligível", por Kant, junto à sua "estética transcendental", o segundo diamante na coroa de fama do filósofo, e "a maior de todas as realizações do sentido humano profundo." (cit. Schopenhauer/ Preisschrift), Bd. III/1962, p. 706. Schelling, aliás, não oculta de onde lhe veio essa ideia; pelo contrário, ele remete a Kant, nesta passagem. (cit. Schelling/ Liberdade), 1988, p. 76.

foi essa concepção do homem como carregando em si uma essência livre, fora do tempo e paralela à própria criação (o que o torna "ele mesmo um início eterno"[63]), que permitiu a Schopenhauer desenvolver a ideia central de sua metafísica: a de que o indivíduo humano, enquanto "eu do querer", seria, sim, capaz de negar-se no casulo de seu próprio eu, levando – talvez[64] – a Vontade em si a negar-se em sua própria raiz; vale dizer, de autoaniquilar-se enquanto Uno, no seu "Sim" à vida. A abordagem do "caráter inteligível", por Schelling, foi de tal importância nessa posição metafísica extrema de Schopenhauer, que cito, aqui, na íntegra, a passagem indicada por ele no escrito do filósofo:

"Na criação originária, o homem é um ser não decidido...; só ele mesmo pode decidir-se. Essa decisão não pode, porém,

---

[63] (cit. Schelling/Liberdade), 1988, p. 78. Existe um exemplar deste escrito de Schelling (entre muitos outros estudados a fundo pelo filósofo) que pertenceu a Schopenhauer, e foi por ele extensamente anotado. Um estudo de vários autores sobre essas anotações saiu há pouco, na Alemanha, coordenado por Philipp Höfele/Lore Hühn (Hrsg.), sob o título *Schopenhauer liest Schelling* (cit. Schopenhauer lê Schelling), Freiheits-und Naturphilosophie im Ausgang der klassischen Deutschen Philosophie, Frommann-Holzboog Verlag e.K, Stuttgart Bad Cannstatt, 2021, na Série *Schellingiana, vol. 23*. Na *Sektion 3* deste livro (p. 243-284) faz-se, entre outros textos, a análise da filosofia da liberdade humana (do "feito inteligível") na abordagem de Schelling. Constata-se que, já aí, tem-se uma radicalização da fórmula kantiana acerca do "caráter inteligível". Esta fórmula de Schelling influenciou Schopenhauer, que a radicalizou ainda mais, tornando ontológica a hipóstase da autorreferência transcendental schellingiana. (cit. Schopenhauer lê Schelling/2021), p. 279-80.

[64] Digo "talvez" porque Schopenhauer hesitou quanto a essa possível *total autonegação da Vontade em si* no casulo do "eu" individual, já que impossível saber "até onde mergulham as raízes do eu na Vontade em si". (cit. Schopenhauer/ P II), Bd. V/1965, § 116, p. 270. Conf. igualmente in Spierling, V. *Materialen zu Schopenhauers <Die Welt als Wille und Vorstellung>*, (cit. Materialien), hrsg., kommentiert und eingeleitet von Volker Spierling, Frankfurt am Main, Suhrkamp Verlag, 1984 (cit. Schopenhauer/Materialien/1984), p. 334.

cair no tempo; ela cai fora de todo tempo, e por isso junto com a primeira criação. Embora nasça também no tempo, o homem é criado, porém, no início da criação (o Centro). O feito, segundo o qual sua vida no tempo é determinada, não pertence, ele mesmo, ao tempo, senão à eternidade; ele vem antes da vida não segundo o tempo, senão através do tempo (intocado por ele) enquanto um feito eterno segundo a natureza. Mediante esse feito, a vida do homem alcança até o início da criação; daí que ele, mediante esse feito, seja livre e, ele mesmo, um início eterno. Por mais que essa ideia possa parecer inconcebível para o modo comum de pensar, há, contudo, em cada homem, um sentimento concordante com ela, como se ele já tivesse sido o que é desde toda eternidade e, de maneira alguma, se tivesse tornado apenas no tempo. Assim, sem atentar à necessidade inegável de todas as ações e embora cada um, se atentar a si mesmo, precise confessar, que ele não é, de modo algum, mau ou bom por acaso ou arbitrariamente, parecendo-lhe ser, por exemplo, não menos do que forçado ao mal..., senão perpetrando suas ações com vontade, não contra sua vontade... O mesmo acontece com o bem; ele não é bom por acaso ou arbitrariamente, e, ainda assim, não é tampouco forçado, que nenhuma coação, sim, nem mesmo as portas do inferno seriam capazes de subjugar sua atitude moral. Na consciência, na medida em que ela é mera autocompreensão e apenas ideal, aquele ato livre, que se torna necessidade, obviamente não acontece, já que vem antes dela, como vem antes da essência, a qual ele (o ato livre) primeiro *faz*".[65]

Foi pensando em dar continuidade a Kant, eu repito, mas pelo viés de Schelling, que Schopenhauer fundou sua própria

---

[65] (cit. Schelling/Liberdade), 1988, p. 78-79.

concepção do "caráter inteligível", fincando nele a *identidade* da pessoa. Segundo essa ideia, o eu extrai sua identidade, *não* a partir da consciência. A consciência só sabe de si o pouco que a lembrança lhe oferece, como se a recordar algum velho romance lido no passado. A nossa identidade, nós não a encontraremos na consciência, mas no "caroço de nosso ser, que não se encontra no tempo... É no coração que está metido o homem, não na cabeça." Nada se perde dessa identidade essencial, no périplo a que o indivíduo se submete ao longo da existência; ela mantém-se a mesma em todas as alterações que afetam a pessoa, por se basear na "idêntica vontade e no inalterável caráter da mesma."[66] Cada homem, escreve o filósofo, "deve ser visto como uma aparição especialmente determinada e caracterizada da Vontade, de certa maneira, até mesmo como uma ideia própria."[67]

Nas suas aulas de Berlim, Schopenhauer repetirá que o caráter de cada ser humano enquanto "coisa em si" – o seu "caráter inteligível – é um ato fora do tempo, um ato indivisível e imutável da vontade enquanto base inalterável da sua essência; o ato de um querer fundamental cujo aparecer – desdobrado em todas as suas ações no tempo e espaço – repetirá de modo idêntico a máxima fundamental que o rege".[68] O patamar em que essa individualidade emerge é o do Incondicionado, o abismo

---

[66] (cit. Schopenhauer/W II), Bd. II/1960, Cap. 19, p. 307-309.
[67] (cit. Schopenhauer/W I), Bd.I/1960, §26, p. 198.
[68] Conferir in Arthur Schopenhauer, *Metaphysik der Natur* (cit. Metaphysik der Natur), *Philosophische Vorlesungen,* Teil II, herg. und eingeleitet von Volker Spierling, München/Zürich, Piper Verlag, 1984. (cit. Metaphysik der Natur) Cap. 5, p. 83-88. Na mesma série dessas *Philosophische Vorlesungen* publicadas por V. Spierling, ver a Vorlesung: *Metaphysik der Sitten* (cit. Metaphysik der Sitten/1984), Teil IV/1985, Cap. 3, p. 77-102.

da "coisa em si". Emerge, ademais, mediante um *ato* ou *feito*, que é sua decisão individual pelo "velle" tomada *paralelamente* à decisão da Vontade em si pela afirmação da vida.[69] De onde se pode depreender que a identidade capturada por cada eu singular, no autoconhecimento, pressupõe esse "feito" ancestral singular, no qual "sua" própria essência se afirmou enquanto tal, para o "velle"[70]. Como em Schelling (embora interpretado de outro modo), esse ato ou feito inaugural carrega em si, portanto, um "erro", uma "falha".[71] E cada homem é tão culpado, em sua individualidade essencial, quanto o é a Vontade em si do mundo.

Tendo em vista essa dimensão metafísica de nossa *individualidade, anterior à toda "individuação"* (a individuação acontece no espaço-tempo, mediante o "princípio de individuação"), e

---

[69] Há intérpretes que recusam esse querer individual essencial, vendo-o como uma tentativa falhada ou não resolvida em sua filosofia. Ulrich Pothast, por exemplo, a vê como *um construto* dentro do mundo do aparecer o que lhe tiraria então a força de negar a Vontade. In Pothast, U. *Die eigentliche metaphysische Tätigkeit: über Schopenhauers Ästhetik und ihre Anwendung durch Samuel Beckett*, Ed. Suhrkamp, Frankfurt am Main, 1982, p. 42.

[70] O filósofo nomeia "o nó do mundo" a identidade entre o sujeito cognoscente e o sujeito do querer, encerrada na palavra "eu". (cit. Schopenhauer/ Dissertação), Bd. III/1962, §41 e 42, p. 168-172). "A individualidade" humana não é, portanto, inteiramente fenômeno, porque não se baseia de todo no "princípio de individuação", senão na vontade em si do ser singular, já que a individualidade de cada ser humano é o aparecer de uma *ideia individual*, a saber, do dito "caráter inteligível" cuja manifestação é o "caráter empírico". A *individualidade* humana (que não é sua *individuação*, porque não sujeita ao "princípio de individuação") enraíza-se, pois, na coisa em si. Quão fundo ela aí alcança? Schopenhauer recusa-se a buscar essa resposta, devido a que esta transcenderia o conhecimento possível ao homem (cit. Schopenhauer/P II), Bd. V/1965, §116, p. 270).

[71] Schelling levanta-se, na sua teoria da liberdade humana, contra a concepção do Eu, por Fichte, enquanto princípio autofundador. Este seria o próprio princípio do pecado e da culpa humana, a origem do mal no mundo, ou o feito ao qual se pode atribuir todo o sofrimento na existência (cit. Lore Hühn/Schopenhauer lê Schelling/2021), p. 270-274.

imergindo ela mesma[72] em novo corpo, a cada novo nascimento, é compreensível que, *no homem*, a "consciência sentida", ou o "sentimento de imortalidade"[73] que marca também o animal, torne-se ainda mais intensa. Cresce, também, aí, o seu conhecimento em relação ao que move esse cerne imorredouro – esse caroço inteligível que o estraçalha e incita, simultaneamente, a afirmar a vida que o tortura. Enquanto a "negação da vida" não dá entrada na nossa existência, o que a morte deixa sobrar de cada um de nós, é não mais que a *semente ou o caroço* de uma nova existência. Não uma *alma* inteligente, porque nosso intelecto, a pessoa que somos, este indivíduo e sua história desaparecem por completo no Orco, tal como o corpo físico que o vestia. "O que, para o indivíduo, é o sono, é, para a vontade, a morte", escreve Schopenhauer.[74] O "aevum", a essência individual

---

[72] O "princípio de individuação", que age sobre as ideias no cenário cósmico da criação do mundo pela Vontade em si, não atinge essa essência metafísica do eu (o "caráter inteligível"). Essa essência decide-se individual e livremente pelo "velle" de modo paralelo à criação do mundo. O que aqui indico como um afundar dessa essência em novo corpo a cada novo nascimento ou reimersão no aparecer, acontece também independentemente do "princípio de individuação"; este princípio atua sobre as ideias gerais metafísicas, estilhaçando-as no mero aparecer, ao passo que a "essência" individual do "eu" ou "ideia individual" não está submetida a *esse* plano geral da criação pela Vontade. O corpo estará sempre submetido ao "princípio de individuação", ao passo que o "caráter inteligível", que a ele se enlaça pela duração de uma vida de homem, nele se amolda *sem se tornar jamais empírico.* Da perspectiva da consciência singular, porém, esta vida de agora e sua eternidade são o mesmo: o "aevum" significa simultaneamente a duração singular de uma vida e o tempo sem fim.

[73] A "consciência sentida", esse "sentimento de eternidade", é o que, no animal como no homem, dá-lhes a certeza da própria eternidade. (cit. Schopenhauer/W I), Bd. I/1960, §54, p. 390.

[74] (cit. Schopenhuer/W II), Bd. II/1960, Cap. 41, p. 641-644. Neste capítulo, o filósofo apresenta sua teoria acerca da metempsicose ou palingenesia (como ele prefere dizer). Descobrir a ponte metafísica (não física) que liga a morte de alguém a um recém-nascido seria, segundo ele, "a solução de um grande enigma". Idem, p. 644.

em nós, continuará a existir no escuro – para, no coito, a cada nova concepção, ganhar um novo corpo, que a reimergirá munida de novo intelecto no mundo fenomênico, sem ser contudo, em si mesma, tocada por ele. Ao renascer, porém, na nova forma física e com novo intelecto, ela experimentará os novos conhecimentos como "sonhos de vida". Mesmo assim, no incessante cerrar e abrir os olhos, o "aevum" irá aprendendo e "se tornando melhor" – até chegar a querer negar-se.[75]

É importante atentar a que *o ato mesmo de negação da vontade* – que acontece em um eu agora iluminado pelo conhecimento de sua própria essência – não vem, ainda assim, da consciência, na medida em que esta é "mera autocompreensão e apenas ideal", como escreve Schelling[76]. Schopenhauer o entende do mesmo modo. Logo, não da consciência pode nascer, no eu, a decisão pela negação da vontade, senão do *eterno* que o habita; daquela "essência individual" anterior à própria criação do mundo (que faz dele um eu inconfundível entre todos os "eus" existentes e, tanto quanto ele, inconfundíveis). O novo, nessa vontade individual metamorfoseada, é que ela mesma, enquanto vontade, tomou consciência de si. A *virada* acontece nela; dela nasce o ato de decisão pelo *nolle*[77], não da

---

[75] (cit. Schopenhauer/W II), Bd.II/1960), Cap. 41, p. 643.
[76] (cit.Schelling/Liberdade), 1988, p. 79.
[77] Pergunto-me, aqui, se, nessa nova tomada de decisão por parte do "eterno" em nós, teríamos mesmo de pensar em uma *nova individualização ontológica de nosso "caráter inteligível"*. Há intérpretes que o exigem. Contudo, considerando que *quem aí decide* é essa "ideia individual", ainda que a decisão seja outra que a anterior, *o portador da decisão mantém-se o mesmo*; e o nível em que o ato acontece é o mesmo, a saber, o nível ontológico, ou aquele da entrada em cena do "caráter inteligível" de cada indivíduo humano, *na abertura do mundo*. A *mesma vontade* que aí decidiu pelo "sim", decide agora pelo "não"; o patamar da decisão é o mesmo, portanto, da origem. É claro que houve, nessa vontade, uma metamorfose radical, devido a um

consciência. O agente desse ato metafísico é, pois, o *eterno* que sustenta a consciência.

Schopenhauer admite, portanto, que esse caroço imorredouro em nós, não só seja culpado de estar na vida, senão também que *aprenda e se torne melhor* nos nascimentos e vidas sucessivos sofridos no devir. Essa crença na "metempsicose" é um velho ensinamento, partilhado ademais por muitos intelectuais à época. O próprio Schopenhauer prefere *não* o chamar "metempsicose" (referida em geral a uma alma imortal); ele usa o termo "palingenesia". "Cada recém-nascido", ele escreve, "entra fresco e alegre na nova existência e a goza como um presente: não há, porém, nem pode haver nada presenteado. Sua nova

---

conhecimento abalador feito neste mundo do aparecer. Se é verdade, porém, que agora esse conhecimento lhe veio através da consciência – *não é a consciência* que reverte a decisão anterior pelo *nolle* (tal como não foi ela que decidiu, quando, na origem do mundo, essa vontade individual optou pelo *velle*; aí, a consciência sequer existia). Mesmo assim, *sem a consciência*, sem o conhecimento, a vontade não teria podido chegar a tal metamorfose. Na verdade, em sua ânsia de forma, a Vontade cega prepara uma armadilha mortal para si mesma ao criar, primeiro, o entendimento e a razão (a qual amplia o entendimento, a ponto de iluminar a vontade individual, que poderá assim chegar a uma nova decisão capaz de negar a anterior). Como vemos, Schopenhauer não pode ser dito um "irracionalista". No mundo, o que "salva" é, em última análise, *a razão* – uma razão afundada e metamorfoseada nos charcos do corpo vivo, não uma razão abstrata, submissa à "Vontade de vida" e seus motivos. Daí, parece-me, a *não necessidade* de uma nova "individuação ontológica", como queria Philonenko. Conferir in *Percursos Hermenêuticos e Políticos,* Passo Fundo, UPF Editora, 2014, no ensaio "Considerações sobre a promessa de felicidade presente na obra de Schopenhauer e seu misterioso suporte metafísico", de M. Maia--Flickinger, p. 322. Aí se tenta "entender" a passagem de um a outro estado (*velle* e *nolle*) na própria Vontade. O patamar que a vontade individual alcança – tanto nos instantes passageiros, que a contemplação artística proporciona, quanto naquele de uma decisão final pelo "não à vida" – é muito misterioso. É um *conhecimento sofrido* que empurra a vontade a *querer de outro modo*, não, parece-me, uma nova individuação. Mas aqui podemos especular apenas, esse nível ultrapassa a fronteira do tratável pelo entendimento.

existência é paga mediante a velhice e a morte de um agonizante; este afundou, mas continha o gérmen indestrutível, do qual nasceu de novo: eles são *um só* ser. Provar a ponte entre os dois seria, decerto, a solução de um grande enigma."[78] De qualquer modo, é muito provável que as diversas essências ou "aeva" se reencontrem nas suas várias existências; sim, que possa nascer, entre elas, um "pressentimento obscuro", uma "lembrança" pouco clara à consciência remetendo à distância infinita.[79]

Do significado do amor na vida

E o amor? Poderia estar nele a porta para a salvação dentro do mundo partido, como acreditavam os Românticos? Schopenhauer discorda. Para ele, o amor (em sentido comum) define-se a partir da sexualidade, como a mais genuína expressão da condição humana e do próprio existente. É nele, enquanto amor-desejo ou impulso sexual, que nos curvamos à intenção rombuda do querer que trabalha na espécie. Pois, na sofreguidão de seu aparecer, a Vontade usa os órgãos sexuais – esse ponto central do corpo e do universo – enquanto meio de arrastar suas criaturas à morte e já de novo à vida, sem descanso.[80] Vista assim, a partir do desejo sexual, a relação amorosa entre um homem e uma mulher torna-se a suma do egoísmo no querer humano – totalmente submisso ao impulso cego da Vontade.[81]

---

[78] (cit. Schopenhauer/W II), Bd. II/1960, Cap. 41, p. 644.
[79] (cit. Schopenhauer/W II), Bd. II/1960, Cap. 41, p. 645.
[80] (cit. Schopenhauer/W II), Bd.I I/1960, Geschlechtsliebe, Cap. 44, p. 681-684.
[81] (cit. Schopenhauer/W II), Bd. II /1960, Cap. 44, Geschlechtsliebe, p. 685-687.

Schopenhauer concebe, porém, uma ideia do *amor verdadeiro*. Ao contrário do amor libidinoso, seu fundamento encontra-se na "compaixão" (Mitleid). Só esse sentimento espiritual altamente purificador seria capaz, segundo ele, de fundamentar a moralidade humana. Ama, de fato, só aquele que é capaz de transmudar o desejo sexual e de posse, assim como a ânsia de perpetuação da espécie – passageiros e, ao fundo, vazios – no sentimento espiritual, que implica o reconhecimento pleno do outro a ponto de sofrer *com* ele a partir de *sua* (dele) própria raiz. Só aí a cadeia do egoísmo se rompe, e acontece o encontro. O amor, *esse* tipo de amor, seria a prova alquímica, na qual, renunciando a si mesmo, o indivíduo se estaria metamorfoseando em algo muito desconhecido.[82]

É, pois, no sofrimento, na morte e no amor-compaixão que o filósofo encontra a brecha ou rachadura na fortaleza da Vontade metafísica, para *um outro modo de querer* capaz de libertar o mundo à sua maldição. Não, contudo, é preciso insistir, a Vontade vê-se negada nessa negação, senão e tão somente a sua *decisão equivocada* de aparecer *neste* mundo regido pela irracionalidade. Logo, o que o eu de um querer agora iluminado pela razão chega a negar, nesse ato de negar-se a si mesmo, não é a própria vontade, senão *seu ato equivocado*. Schopenhauer insiste em que, com esse ato (equivocado) "o mundo não preenche a plena possibilidade de todo ser, mas fica neste

---

[82] "Todo amor puro e verdadeiro é compaixão, e cada amor que não seja compaixão é egoísmo." (cit. Schopenhauer/W I), Bd. I/1960, §67, p. 511-513. E adiante, § 68. Só é *compassivo* aquele que conseguiu ver através do véu da ilusão (princ. de razão). O compassivo passa a ver por todo lado, "a humanidade sofredora, o reino animal sofredor e um mundo se desvanecendo" (Idem, p. 515). É esse conhecimento da essência das coisas que se torna um quietivo do querer; chegado aí, o indivíduo penetra em um estado de "voluntária renúncia e resignação" (idem, p. 515).

ainda muito espaço para isso que indicamos negativamente, como a negação da vontade de vida."[83] Com a negação, vimos que o em si do mundo não é nem pode ser negado. Contra o que o filósofo chama "certas objeções ridículas", ele afirma que esse ato de negação da Vontade, "de modo algum indica o aniquilamento de uma substância, senão o mero ato do não querer: o mesmo que até agora *quis, não quer* mais. Já que só conhecemos o ser da Vontade mediante o ato do *Querer a vida*, eis que somos incapazes de dizer ou conceber o que ela seria ou impeliria adiante, após ter desistido desse ato: daí que, *para nós*, que somos o aparecer do Querer, a negação seja uma passagem para dentro do Nada."[84]

Enquanto o indivíduo humano existir, ele será a manifestação da afirmação (*velle*) da Vontade; esta estará, desde sempre, porém, segundo vários graus, em luta com a negação (*nolle*). Quando a negação predomina sobre a afirmação, o indivíduo torna-se "santo", no sentido cristão. O seu aparecer deixa de ser, então, o da afirmação. Não podemos, contudo, saber *se esse indivíduo* agora "convertido" receberia uma segunda existência; a qual seria, afinal, uma existência para um intelecto que teria possibilitado ao Querer trazer o "nolle" à presença. Tampouco poderíamos declarar fosse lá o que fosse sobre um *sujeito* dessa conversão, já que nós só conhecemos um sujeito na manifestação do "velle".[85] Quanto a esse mistério, Schopenhauer lança

---

[83] (cit. Schopenhauer/W II), Bd.II/1960, Cap. 50, p. 826.
[84] "A *afirmação* e *negação* da vontade de vida é um mero *velle e nolle* (querer e não querer). O sujeito desses dois atos é um e o mesmo, por consequência não será aniquilado nem por um nem pelo outro ato", (cit. Schopenhauer/P II), Bd. V/1965, §161, p. 368-369.
[85] O que seria o "nolle" nós não sabemos a não ser na sua "entrada" no indivíduo, que até aí pertencia ao fenômeno do "velle". Só podemos dizer que ele não é mais

a pergunta: "Indo-se um pouco mais além, pode-se perguntar o quão profundamente penetram na essência do mundo as raízes da individualidade? Ao que se poderia responder: "elas alcançam tão longe quanto a afirmação da vontade para a vida; onde entra a negação, aí elas cessam, porque nasceram para a afirmação. Ainda mais uma pergunta, porém, poderia ser lançada: 'O que seria eu, se eu não fosse a Vontade para a vida?'"[86]

Eis o enigma maior nessa filosofia. O que seria eu *após a conversão* da vontade que sou (e afirma a vida), ou melhor, o que seria eu enquanto uma vontade que nega a vida? Ao que parece, trata-se, nessa virada, ainda de um "eu" – ou melhor, dessa misteriosa individualidade essencial, da qual a *identidade* brota. De onde me encontro, porém, no *velle*, nada posso enxergar. Mesmo sabendo que a própria Vontade *não* seria aniquilada no *nolle* – o que seria absurdo –, o que de "mim" enquanto um "eu" restaria, fica-me inteiramente impenetrável, a não ser que seria ainda "vontade". Em outras palavras, é-me impossível saber o que significaria, para mim, mergulhar no "nada" anterior à equivocada afirmação da vida pela Vontade.

---

o fenômeno do "velle"; resta, porém, saber se o "nolle" pode sequer "aparecer". Ou melhor, se poderia haver uma "existência secundária para um intelecto que antes teria que produzi-la" (cit. Schopenhauer/P II), Bd. V/1965, § 161, p. 369).

[86] (cit. Schopenhauer/W II), Bd. II/1960, Cap. 50, p. 822. À pergunta de se, quando negada a decisão pelo "sim" à vida em uma vontade individual, em um santo, por exemplo, o Mundo no seu todo gestado desta afirmação não deveria ser suprimido, já que a vontade é uma Unidade, Schopenhauer responde do seguinte modo (em carta ao seu seguidor Julius Frauenstädt): "primeiro, essa Unidade é metafísica, e, segundo, a pergunta só poderá ser aproximadamente respondida quando soubermos quão fundo vão as raízes da individualidade na *coisa em si*, um problema que eu lancei, mas que, por ser transcendente, deixei ficar como irresolvível" (cit. Schopenhauer/Materialien/1984), p. 334.

Ainda assim, e isso é de importância central na metafísica de Schopenhauer, na negação de meu próprio querer, o meu "eu" não parece cessar de ser um "eu", desde que este não seja identificado com o meu querer atual. Quando eu, enquanto vontade, negar-me no meu *velle*, não estarei negando a "ideia" ou "essência individual" eterna que sou, senão sua decisão pela vida tal como aí está. Ela mesma *não será, de modo algum, suprimida*. É suprimido nela o *ato de afirmação*, a *decisão pelo velle*; não, eu repito, é suprimida ela mesma ou a vontade que sustenta o ato. O que aí se altera é, necessariamente, a minha "identidade". Se esta brotava do *velle*, brota agora do *nolle*; mas não deixa de ser a *minha identidade*... Se me será possível dizer isso adiante? O que seria *eu*, se *eu não fosse a Vontade para a vida?*... Esse o limiar mais extremo e inultrapassável nessa filosofia; o que se diz sua "mística".[87] Nela o ser humano torna-se a *charneira* em direção a algo que, a partir deste mundo do *velle*, pode soar ameaçador...

Wagner, leitor de Schopenhauer. O seu "Anel" encenaria mesmo a "negação da Vontade" schopenhaueriana?

A ideia da afirmação e negação da Vontade de Vida é, como vimos, a posição mais extrema na metafísica de Schopenhauer. Posição que, segundo os intérpretes de Richard Wagner, chegou ao seu conhecimento quando este já havia escrito um esboço de ópera cujo sentido opunha-se, fundamentalmente, à direção

---

[87] O próprio Schopenhauer entendeu esse limiar, no qual todo esforço filosófico cessa, como "uma entrada da mística" ou um "dar lugar" a ela (cit. Schopenhauer/Materialien/1984), p. 330.

que lhe daria *após* ler o filósofo. Nesse primeiro esboço – ele o escreveu em 1848, antes de sua fuga de Dresden para a Suíça[88] – o que orienta o escrito é a solução utópica pelo amor e a liberdade, na luta contra o poder. Naquele momento, a intenção do compositor teria sido a de escrever uma só ópera, tendo por tema a *Saga de Siegfried* ligada ao mito dos *Nibelungos.* A ideia da tetralogia de *O Anel dos Nibelungos*[89] veio-lhe só no exílio, anos depois; e, embora o assunto permanecesse o mesmo, sua concepção viu-se alterada de modo radical.

Segundo o crítico e cientista da música Egon Voss, ao conceber o *Anel*, Wagner estava *resignado*; já não acreditava na ideia de uma possível transformação do mundo, e o expressou claramente na tetralogia. Não é de surpreender, portanto, que ele encontrasse agora em Schopenhauer "o filósofo que lhe falou à alma"[90]. Foi em 1854 que o compositor leu sua obra principal, *O mundo como vontade e representação*. A partir daí, teria trabalhado sempre sob influência dessa leitura,[91] levando 26 anos para concluir seu *Anel*.[92]

---

[88] Em Dresden, Wagner envolveu-se com jovens revolucionários, como M. Bakunin, e, após um levante fracassado, exilou-se na Suíça.

[89] Wagner tinha esboçado o plano de uma "Morte de Siegfried" baseado na saga dos Nibelungos, mas não pensava ainda na tetralogia do *Anel*. O assunto permaneceu o mesmo, no *Anel*, mas sua concepção tornou-se outra. Essa nova concepção teria nascido em 1851, quando o compositor deixou de acreditar na possibilidade de uma revolução na História, embora ele ainda não tivesse o *Anel* em vista. In Wagner, R., *Der Ring des Nibelungen. Ein Bühnenfestspiel für drei Tage und einen Vorabend*, herg. und kommentiert von Egon Voss, Stuttgart, Reclam, 2019: (cit. Voss) para os comentários, e (cit. Anel) para o texto (cit.Voss/2019), p. 433-443.

[90] (cit. Voss/2019), p. 437.

[91] Há intérpretes que *não aceitam* essa influência de modo determinante na obra final; entre eles, os críticos e cientistas da música Carl Dahlhaus, Egon Voss, M. H. Schmid, etc. Ver Bibliografia.

[92] Wagner trabalhou o *Anel* ou o tema do mesmo, alterando-o e retrabalhando-o,

A pergunta que faço é, contudo, quanto à real influência do filósofo na realização final do *Anel*. Teria ela sido, de fato, tão determinante na conclusão da obra? *Poderia* tê-lo sido? Pois, afinal, segundo Schopenhauer, o artista enquanto tal seria incapaz de *desejar negar a vida*. O elemento do artista, o filósofo escreve, é a repetição de um *"conhecimento puro"* em seja lá qual for a obra realizada no mundo, que a ele dê acesso. E dizer "conhecimento puro" é, aqui, dizer "conhecimento imediato da verdade"; logo, conhecimento do horror que encharca o existente mediante a *visão* de uma "ideia"[93]. Trata-se de um conhecimento metafísico, no qual o entendimento consegue arrancar-se, por instantes, às amarras do "princípio de razão", que lhe impede o acesso às essências eternas do mundo.[94] O

---

desde 1848 até 1874, quando concluiu a partitura de "O crepúsculo dos deuses". Sua primeira execução foi em Bayreuth, em 1876 (na festa de abertura do festival) (cit. Voss/2019), p. 437.

[93] Uma "ideia" é a Vontade em sua *objetidade* imediata, não uma sua *objetivação*, porque uma ideia não é, enquanto tal, uma representação (cit. Schopenhauer/W I), Bd. I/1960, §32). Ela é uma instância metafísica da Vontade, inacessível ao conhecimento normal submetido ao "princípio de razão". O "gênio artístico" tem acesso a ela na "contemplação", quando, mediante a força do espírito, alça-se a um conhecimento que burla o "princípio de razão", a que se submete o conhecimento humano normal, preso à teia da causalidade (cit. Schopenhauer/W I), Bd. I/1960, §34, p. 257.

[94] Schopenhauer desenvolveu a ideia do "princípio de razão" a partir de Kant, na sua "Crítica da razão pura", e, discutindo com toda tradição filosófica, chegou à sua própria concepção: o que o "princípio de razão" expressa, em geral, é que nossa consciência cognitiva – enquanto sensibilidade externa e interna (receptividade), entendimento e razão – divide-se em sujeito e objeto. Ser objeto para o sujeito e ser nossa representação é o mesmo. Como todas as nossas representações estão ligadas entre si segundo determinadas leis e formas a priori, *nada* pode tornar-se objeto, para nós, independentemente dessas condições; *nada* pode tornar-se, para nós, existente por si, como objeto rasgado dessa teia, ou objeto singular. Os diversos modos de objetos tomam formas diversas, mas todos submetem-se igualmente ao "princípio de razão" tal como descrito acima. Daí que esse outro modo de conhecer do artista seja um instantâneo burlar dessas leis e formas a priori (burlar a lógica

artista é, na verdade, um prisioneiro do *espetáculo da objetivação* da Vontade; e o que o encadeia é a alegria indizível que sua *contemplação* lhe proporciona. Ele não cansará de contemplar esse espetáculo, nem cessará de, "apresentando-o, repeti-lo carregando ele mesmo, simultaneamente, os custos" da apresentação. Nesse processo, é, "ele mesmo, a vontade que assim se objetiva e fica em permanente sofrimento. Aquele verdadeiro e profundo conhecimento da essência do mundo torna-se, então, para ele, um fim em si: ele detém-se nele." Esse conhecimento não se tornará, portanto, jamais, para o artista, um *quietivo*; ele não chegará à *resignação* que o *santo* alcança. Sua libertação do sofrimento será coisa de instantes, na vida, nunca uma permanência.[95] Ainda assim, nós sabemos, por seus próprios escritos e manifestações a respeito, que Wagner estava convicto de ter encontrado em Schopenhauer a sua alma gêmea; e, na "negação da Vontade", o seu próprio caminho.

    Antes, porém, de me deter nessa pergunta, buscarei desenhar o percurso de Wagner até a tetralogia do *Anel*. Esta obra representou, sem dúvida, uma ruptura com a ópera tradicional, considerada artificial pelo compositor, e, na sua superficialidade, mero espetáculo de recreação. O seu intento era substituí-la por obra "natural", na qual a língua alemã fosse valorizada em sua acentuação peculiar substituindo as "rimas" (adequadas apenas às línguas latinas) pelos versos brancos. Reabrindo a velha discussão quanto à prioridade da palavra ou da música, na ópera, ele também optou por um terceiro: *o drama*, ao qual

---

transcendental da consciência), permitindo-lhe um salto para dentro do estofo ontológico do mundo, de modo a apanhar imediatamente a coisa singular nela mesma livre da teia causal (cit. Schopenhauer/Dissertação), Bd. III/1962, § 16, p. 41.
[95] (cit. Schopenhauer/W I), Bd. I/1960, §52, p. 372.

se deveriam submeter, igualmente, a música e a palavra. De importância capital, nos escritos de Wagner, era que *a música se submetesse ao texto dramático*. Ele fez editar, por isso, os seus textos poéticos separadamente da música, e nunca os alterou enquanto *poesia (Dichtung)*. Não foram introduzidas tampouco, nos poemas publicados, nenhuma das modificações que, concluída a composição musical, ele precisou fazer nos textos; essas alterações viram-se publicadas à parte, nas partituras. Ainda assim, ambos, textos poéticos e partituras, fazem um todo.[96]

Em 1848, ainda em Dresden, Wagner tinha iniciado trabalho para uma ópera; este foi desenhado em "Um Plano de Ópera extraído à Saga de Siegfried". O esboço em prosa, deste mesmo ano, tem por título "O mito dos Nibelungos como esboço de um drama", e seu conteúdo gira em torno à ação de uma *maldição* que o anão Alberico lança sobre os Nibelungos *ao renunciar ao amor em favor do poder*. A concretização da escolha pelo poder em detrimento do amor dá-se, aí, mediante *o roubo do ouro do Reno* por Alberico, que o faz fundir em um *anel*. O que o anel proporciona é o *poder*, mas traz também, a quem quer que o possua, a *maldição*. Esse primeiro esboço da ação vai do roubo do ouro do Reno até a morte de Siegfried e Brünnhilde, quando a maldição do poder se desfaz mediante o amor que vence a morte. O plano já tinha, portanto, como fundo, a saga ou o mito dos Nibelungos, extraído às sagas nórdicas mais arcaicas (Os "Edda" da Escandinávia). Discute-se muito esse retorno de Wagner ao mito germânico. C. Dalhaus é de opinião que a intenção do compositor não era aquela político-mitológica, que normalmente se imputa ao *Anel*. Ele estaria, na verdade,

---

[96] (cit. Voss/2019), p. 461-466.

encharcado do espírito feuerbachiano da destruição necessária do mundo dos deuses em nome do amor e da liberdade. Desde o início do texto, escreve o crítico, Wotan é um deus cujo tempo passou. "O mito", ele prossegue, "foi, portanto, menos restaurado do que destruído por Wagner, ou mais precisamente: ele foi restaurado, para ser destruído."[97]

Em 1849, ao fugir de Dresden devido ao fracasso do levante revolucionário de que participou[98], Wagner já tinha vivido muitos percalços na carreira, e se sentia tolhido na criação pela função que exercia (Regente de Orquestra da Corte). Na Suíça, onde se exilou com auxílio de Franz Liszt, ele, como compositor, viveu um período de silêncio, embora escrevesse vários textos atacando a ópera tradicional. Foram tais textos que lhe deram a fama até aí desconhecida. Desde a publicação desses escritos, suas óperas passaram a ser vistas como "música do futuro", sendo cada vez mais apresentadas.[99]

---

[97] Dahlhaus, C. *Richard Wagners Musikdramen*, (cit. Dahlhaus) Stuttgart, Reclam, 1996 (cit. Dahlhaus/1996) p. 163.

[98] Wagner participou na Revolução levada a efeito em Dresden (1848/9); ele simpatizava com a ideia de uma transformação do mundo. Há provas suficientes da influência permanente de Feuerbach sobre ele (conheceu seu pensamento em Dresden, e este ecoa em sua *Obra de arte do futuro*); também sua relação com jovens revolucionários, por exemplo, com Michail Bakunin é comprovada. Conf. in Hollinrake, R. *Nietzsche, Wagner e a filosofia do pessimismo*, (cit. Hollinrake/1986), Rio de Janeiro, J. Zahar Editor, 1986, (cit. Hollinrake/1986), Cap. 1, p. 48-50; ver, também, in Safranski, R. *Romantik. Eine deutsche Affäre*, (cit. Romantik), München, Carl Hanser Verlag, 2007 (cit. Safranski/Romantik/2007) p. 260ss.

[99] Tais obras foram: "Die Kunst und die Revolution" – *A arte e a revolução* – (1849), "Die Kunstwerk der Zukunft" – *A obra de arte do futuro* – (1850) e "Oper und Drama" – *Ópera e drama* – (1852). Também escreveu um panfleto agressivo e escandaloso: "Das Judentum in der Musik" – *O judaísmo na música* – dirigido contra Rossini e Meyerbeer, seus rivais na ópera (cit. Voss/2017), p. 436-437.

Em 1851, na retomada do trabalho iniciado em Dresden, Wagner ainda não tinha o *Anel* em vista. O que ele fez foi transformar o esboço anterior, de 1848, nos dois atos do "Siegfried" ("O jovem Siegfried" e "A morte de Siegfried"). Aí, o mito passava a ser uma antecipação do que ainda viria a acontecer, ganhando corpo em uma "obra de arte do futuro", na qual o espírito da lei e da opressão seria vencido pelo da conciliação e do amor. Isso está presente, por certo, no Romantismo, quando a língua da reflexão cede lugar à do sentimento, a música devendo expressar os movimentos fundamentais do coração. Só que Wagner queria mergulhar mais fundo (tanto na complexidade do tema quanto na intenção que o rege), e percebeu que o modelo esboçado no "Siegfried" não levaria à realização pretendida.

Embora sua simpatia pela revolução fique bem clara nessas obras, ele tinha deixado de acreditar que uma revolução transformaria o mundo; *Wagner se havia resignado*.[100] Ainda assim, foi dessa matéria utópica que, no mesmo ano, ele extraiu *O Anel dos Nibelungos*. A primeira composição da "Morte de Siegfried" não teve sucesso, e ele transformou essa parte no "Crepúsculo dos Deuses", como encerramento da obra. É importante notar que a ideia geral a reger esse final continua a ser a da substituição do mundo da lei e da coação por um tempo utópico, em que o amor e a liberdade dominam. Os representantes dessa utopia são Brünnhilde e Siegfried; só que, por serem os primeiros a lhe dar corpo, terão de ser ainda sacrificados pelo mundo em declínio.[101]

Foi em 1852 que o compositor escreveu os dois poemas: "O ouro do Reno" e "A Valquíria". Segundo ele mesmo, foi só ao

---

[100] (cit, Dahlhaus/1996), p. 145-147.
[101] (cit. Dahlhaus/1996), p. 121-124.

musicá-los que percebeu a necessidade de ampliar a compreensão do todo mediante um modo "plástico" de apresentação do mito. Ao que parece, foram problemas técnico-musicais que o levaram da tragédia de Siegfried à "tetralogia do *Anel*".[102] C. Dahlhaus destaca que, na sua *Obra de arte do futuro*, Wagner fala na música como meio de expressão do *drama*. Segundo o crítico, parece que se confunde, desde aí, o *drama* com o *texto*, pensando-se a música como dependente deste, a ponto de se levar o ouvinte a analisar a música a partir do texto. É preciso ter presente, ele prossegue, que a "obra de arte total", de Wagner, busca apresentar imediatamente, *através da música*, a natureza humana em sua expressão arcaica. Pois isso não se ganha na fala, vale dizer, no texto. É a música que traz isso à presença, *sem* texto; e o seu correspondente, aí, segundo o crítico, é a *ação cênica*, não a palavra falada. Ainda segundo Dahlhaus, o próprio Wagner se contradiz, em seu escrito sobre Beethoven (1870), ao escrever (sob influência de Schopenhauer) que *a música encerra o drama e não o contrário*.[103]

Já antes da concepção do *Anel*, é verdade, Wagner tinha inovado procurando dar ao "pensamento musical" um *motivo* poético-cênico, vale dizer, um "fundamento dramático".[104]

---

[102] (cit. Dalhaus/1996), p. 123-124.
[103] (cit. Dahlhaus/1996), p. 12-13. Em ensaio de 1872 (*Sobre a nomeação do drama musical*) Wagner chega a afirmar que os dramas seriam os "feitos tornados manifestos pela música" (Idem, p. 13). Ele escreveu o ensaio sobre Beethoven sob influência de Schopenhauer e este considera a música superior às ideias. Ela seria a "imagem da própria Vontade", e tão independente do aparecer do mundo que, "mesmo se este não existisse, a música, de certo modo, subsistiria" (cit. Schopenhauer/W I), Bd. I/1960, § 52, p. 359).
[104] Essa *não é* uma técnica musical que Wagner inventasse; ele a usou, porém, de modo inteiramente novo. Referindo-se à ópera *Tristão e Isolda*, por exemplo – escrita quando Wagner interrompeu por um tempo o seu trabalho no *Anel* (1857-59) –, ele

O "motivo", ele o compreende como um "momento musical" dinâmico; não estático, portanto, como em geral se interpreta. O "momento musical" ou "momento melódico" é um processo cênico unido necessariamente a um "motivo" musical, de modo que, nele, os processos musicais e os cênicos entrelaçam-se intimamente.[105] Isso acontece quando o "pensamento musical" ganha um "motivo" cênico-musical. O importante é que o motivo traga à tona uma "lembrança"; e isso acontece apenas quando um "motivo musical" se faz a expressão de um processo cênico. Mais tarde, esse "motivo" foi chamado um "Leitmotiv"[106], embora não pelo próprio Wagner. Com este, aliás, um motivo não tem só a função da *lembrança*, senão também a do *pressentimento* e da *antecipação*; ele enriquece a cena e a fala, acrescentando-lhes o *ausente e o não dito*.[107] Foi isso

---

usa o conceito de "arte da passagem". Com a tendência de dissolução de todas as formas tradicionais, essa nova forma musical pode levar a que tudo se torne mesmo "passagem" do início ao fim – o que remete a um célebre conceito wagneriano: o de "melodia infinita". Com isso, Wagner quer evitar o processo em que a música vai de número a número, que são as pausas tradicionais, nas quais o público aplaude. A lei mais alta, aí, é a da *continuidade* no decorrer, tanto da ação dramática quanto da música (cit. Voss/2019), p. 482-484.

[105] (cit. Dahlhaus/1996), p. 125.

[106] O conceito de "Leitmotiv" foi introduzido só em 1776 (Hans von Wolzogen). Wagner o viu de modo cético, por temer que contribuísse para distrair o ouvinte da função formal dos "temas de fundo" (Grundthemen), como ele mesmo os entendia. De fato, por possuir conteúdo semântico e recebendo um nome (Walhalla, Maldição do amor, etc.), o "Leitmotiv" pode fixar-se, perder seu caráter mutante, dinâmico, de modo a tornar-se clichê. Wagner não queria isso; com ele, o próprio conteúdo semântico se altera no tempo, na harmonia e no ritmo, a ponto de se tornar contraditório ou enigmático (cit. Voss/2019), p. 484/485). Em todo caso, como diz Safranski, essa esfera abissal da música wagneriana (que em Schopenhauer seria a esfera da Vontade) é "perfeitamente erotizada" (cit. Safranski/Romantik/2007), p. 273; aí o abismo tem o som do amor também corpóreo, como veremos adiante.

[107] (cit. Dahlhaus/1996), p. 126.

que ele trabalhou desde a composição musical de "O ouro do Reno". A música é impelida, aí, por "motivos" que se estendem por toda extensão da tetralogia; e eles estão também presentes a cada instante.

Se a técnica dos "motivos musicais" ou da "prosa musical", como também se diz, remonta a Monteverdi, a inovação de Wagner, no *Anel* e diferentemente de toda sua obra anterior, foi tê-los estendido ao todo da obra, não os deixando agir apenas sobre curtos trechos do drama. Os motivos atuam na obra inteira, como uma "teia de ligação" que arrasta o ouvinte a um mundo de relações poético-musicais, no qual tudo parece ter a ver com tudo. Essa técnica de composição, segundo Dahlhaus, é nova e representa um salto qualitativo na história da técnica do "Leitmotiv".[108]

Com isso, Wagner inova também de modo radical quanto ao *papel da orquestra* no drama musical. É a *orquestra* que realiza sua unificação na teia abarcadora dos *motivos*. Presente no processo inteiro, ela acompanha e apoia sem cessar o que acontece. Não por acaso, ele compara o seu papel com o do *coro* na tragédia grega.[109] *E não só para o que se vê acontecer na cena*. A orquestra ganha, aí, o papel de um *narrador*. É ela que esclarece, sugere e indica o que *não aparece aos olhos ou na fala*. Wagner nomeava "melodia infinita" essa inovação, e a utilizou sobretudo ou talvez só no *Anel*.[110] Um termo seu para essa complexa aplicação de temas à obra inteira é o de "Themengewebe", a saber, "teia" ou "tecedura de temas".[111] O drama musical

---

[108] (cit. Dahlhaus/1996), p. 155-157.
[109] (cit. Voss/2019), p. 482.
[110] (cit.Voss/2019), p. 482.
[111] Em 1879, Wagner escreveu um texto a respeito, intitulado *"Sobre a aplicação da*

é atravessado por "temas fundamentais" (Grundthemen) que se acrescentam, completam, separam, ligam e voltam a formar; mas sempre obedecendo à ação dramática, a qual dá as leis dessa separação e ligação.[112] Significa que os "temas de fundo" ou os "Leitmotiv" *não reagem à ação dramática; eles nascem dela*, que é simultaneamente texto e música. Funcionam como se fossem "rimas" numa teia de função formal importantíssima.

Podemos dizer que a música de Wagner é escorregadia, dinâmica, fugidia. Enquanto "melodia infinita", ela emerge da ação dramática como tecedura indecifrável de temas em metamorfose incessante, indo muito além do texto e o contradizendo em vários momentos. Composta em teia de motivos que influenciam o conteúdo, essa música foi por muito tempo dita *erroneamente* "sem forma".[113] Acerca dessa grande *inovação formal* de Wagner, hoje reconhecida, escreve Eckhardt Roch: "O momento irracional dessa música está em que não se pode esclarecer o seu efeito extático de modo puramente formal."[114] Não só formalmente, portanto, a tecedura é de importância

---

música ao drama", onde fala na "unidade do princípio sinfônico", ou na "música como obra de arte". Essa unidade só poderia ser alcançada quando os "motivos principais da ação dramática" se realizassem como "momentos melódicos" – os quais se deveria entender como "temas de fundo" –, desenvolvendo-se, ambos, de modo recorrente, a gestar uma "forma artística unitária" estendida sobre toda a obra (obra de arte total), e não só sobre partes dela (cit. Voss/2019), p. 484.

[112] (cit. Voss/2019), p. 484.

[113] *Der Komponist Richard Wagner in Blick der Aktuellen Musikwissenschaft, Symposion* (cit. Symposion). Na contribuição de Eckhard Roch, *Ein Geheimnis der Form bei Richard Wagner? Asymetrische Periodenstruktur in Wagners "Tristan"*, temos que se acusou a *melodia infinita* de ser "sem forma" (E. Hanslick, G. Keller), o que hoje se sabe ter sido uma interpretação equivocada. Na verdade, Wagner ampliou, com isso, o conceito moderno de forma (cit. Roch/Symposion/2003), p. 105. O próprio Wagner sempre insistiu em que a "melodia infinita" seria *forma* (cit. Dahlhaus/1996), p. 178.

[114] (cit. Roch/Symposion/2003), p. 115.

enorme, senão no conteúdo, já que o retorno incessante dos motivos aponta a teia de um tempo em que não existe presente sem passado e futuro.[115] Como diz Dahlhaus, essa música "tece o grande fundo dos acontecimentos com pressentimentos e lembranças, e seus motivos míticos – o motivo do *Anel*, do Walhall, de Erda, do Crepúsculo dos deuses, do Contrato e da Maldição – ligam os casos presentes aos seu pressupostos e procedências pré-históricos. As cenas nas quais o mito dos deuses vem à fala são musicalmente centrais, ainda que, dramaturgicamente (consideradas a partir da ação singular visível da obra), pareçam periféricas: elas formam o esqueleto da concatenação dos motivos, que abarca o drama inteiro"[116].

Chegados aqui, não podemos deixar de observar o quanto Wagner estava impregnado não só do Romantismo, senão do pensamento filosófico, à época. Sua concepção de uma obra total, como um "drama do mundo", remete, sem dúvida, à filosofia idealista e às reações a ela. O papel narrativo da orquestra evocando a lembrança de um passado equivocado em vias de se transmudar em um futuro inimaginável para a consciência, escorre em todas as construções filosóficas de então, tal como encharcava o Romantismo em suas várias manifestações. Que o homem seria capaz de arrancar de si mesmo a força de "curar" o mundo da "culpa" que o atravessa, tinha animado gerações de jovens, desde o final do século XVIII, indo, afinal, em muitos, desaguar na crença religiosa, no sonho político de uma revolução

---

[115] (cit. Voss/2019), p. 485-488.
[116] (cit. Dahlhaus/1996), p. 194-195. O crítico refere-se aqui sobretudo à estrutura dramático-musical de "O crepúsculo dos deuses", chamando a atenção para a relação discrepante entre o mito dos deuses e o drama de heróis. Segundo ele, a complexidade se acentuaria ainda mais devido a consequências advindas da distância temporal entre a gênese do texto e a composição da música (cit. Dahlhaus/1996), p. 195.

social ou na resignação. Wagner apostou primeiro na revolução política, para, desiludido das forças que operam *no mundo real*, acreditar que a única força capaz de derrubar a ânsia destrutiva de poder que o rege seria a de um amor muito desconhecido. A direção final impressa por ele ao drama do *Anel* oscila, é verdade (após ler Schopenhauer), entre a destruição total do mundo e a vitória do amor, para uma nova existência. A saber, para um mundo em que os deuses teriam morrido e o homem conquistado a liberdade. Segundo intérpretes atuais, nesse oscilar, o filósofo Wagner teria acabado por ceder lugar ao Wagner artista: na conclusão do *Anel*, o artista optou pela vitória do amor.

Realmente? No "Prólogo" do *Anel* ("O Ouro do Reno"), o compositor se deixa inspirar pelos Românticos, tal como pela "filosofia da natureza" de Schelling. Amaldiçoando o amor em nome do poder, Alberico profere a sentença do arruinamento do mundo. Este o "erro" em que o homem incorre por negar amor. A direção da tragédia aponta, desde o início, ao confronto entre caminhos excludentes a eleger para o existente: poder ou amor. É Alberico que exclama, voltado às filhas do Reno, que tentam seduzi-lo.

"... arrancando o ouro ao recife, eu forjo o anel da vingança. Que a correnteza ouça! É assim que amaldiçoo o amor!"[117]

É nessa frase musical do "motivo da renúncia ao amor" que ouvimos os presságios da desgraça por vir. Motivo esse cuja metáfora da *correnteza* (correntes) teria sido tomada por Wagner a Schelling – que a utilizava como imagem para

---
[117] (cit. Anel/2019), p. 27.

a "produtividade originária infinita" da natureza (de ordem divina).[118] É, pois, *contra a correnteza divina do espírito* que Alberico se opõe resistindo ao apelo do amor, que lhe acena na dança das filhas do Reno. Cunhando, assim, a sentença que levará os Nibelungos à danação, o anão curva-se à perversão que age nele em favor do *poder* (na metáfora do ouro roubado às correntes sagradas do rio). É preciso insistir em que o desenho inicial dessa vontade equivocada *não é schopenhaueriano*. Wagner ainda não sabia aonde chegaria. Orientava-se mais por Rousseau, pelos Românticos e por Schelling, na crença de uma reconciliação final da vida consigo mesma através do amor.[119]

Ao iniciar o seu trabalho, em Dresden, ele tinha em mente uma obra revolucionária, no espírito de Feuerbach. Não foi, como vimos, o desejo de restaurar o mito germânico, o que, desde o início, o moveu. Ele só fez os deuses retornarem, para fazê-los morrer em nome da liberdade humana. Wagner volta ao passado, diz Dahlhaus, não para dele extrair uma imagem antecipatória do futuro, senão para dar-lhe um fim.[120] Em 1852, ainda no exílio e *já resignado*, descrente de uma possível transformação do mundo, é este o sentimento que imprime à "Abertura" do *Anel*. O deus Wotan tem os olhos pregados no Walhalla. Cego pelo poder, não atento aos augúrios, ele se apressa em direção ao próprio fim. A seguir, no segundo ato

---

[118] Schelling, F.W.J. Ausgewählte Schriften in 6 Bänden, Frankfut am Main, Suhrkamp, 1985. Aqui para o texto: *Erster Entwurf eines Systems der Naturphilosphie (1799)*. (cit. Schelling/Entwurf), (Bd.1, 1985 p. 326-336).

[119] Aqui eu cito Novalis, para todos eles. (cit. Novalis Werke/1987), "*Aus dem Allgemeinen Bouillon*": "O amor é o objetivo final da *história do mundo* – O Unum do universo", p. 447.

[120] (cit. Dahlhaus/1996), p. 163-164.

da "Valquíria", testemunhamos o seu desespero e a renúncia ao poder:

"Eu desisto de minha obra,
uma só coisa eu quero ainda: o fim... o fim..."[121]

Em seu Diário, Wagner confessa ter ficado embaraçado com essa decisão do deus, só vindo a perceber – para seu próprio espanto –, na leitura que fez de Schopenhauer, que esse embaraço se esvaía justamente no confronto com o que, de início, o tinha perturbado teoricamente no filósofo. O que este dizia era-lhe, na verdade, há muito familiar. "Assim", ele escreve, "entendo agora o meu Wotan e, profundamente comovido, voltei de novo ao estudo cuidadoso do livro de Schopenhauer."[122] E ele se pôs, então, a fazer alterações no final do drama. O seu desejo, obviamente, era que o espírito defendido em sua obra fosse o mesmo encontrado no "Mundo" schopenhaueriano. A ponto de escrever um final "budista" para o *Anel*.

Podemos perguntar se, deixando-se assim inspirar por Schopenhauer, Wagner estaria criando de modo autônomo a sua própria obra? Na verdade, essas discussões parecem-me inúteis. A obra de arte arranca-se à força interior do artista, a uma decisão oculta – não, certamente, a uma intenção consciente do indivíduo no qual mora o criador. Tal "decisão" é percebida na obra e só nela. Tratando-se de Wagner, a decisão nasceu de sua própria resignação, antes mesmo de ler o filósofo, antes de suspeitar de sua consanguinidade espiritual com ele. Para o homem-Wagner – como acontece para qualquer homem em que o artista se oculta – isso aconteceu de modo inconsciente. O

---

[121] (cit. Anel/2019) A Valquíria, p. 147.
[122] (cit. Hollinrake/1986), Cap. 3, cit. p. 77.

homem, propriamente dito, é "outro" que o artista nele; um não sabe do outro, vivendo em universos antitéticos.[123] Nenhuma grande obra pode nascer de empréstimo a outro espírito; seu nascimento é um mistério, não só para o espectador, senão para o indivíduo, no qual vive o artista.

Wagner descobriu Schopenhauer em 1854, e é compreensível que encontrasse nele uma afinidade em relação a algo existente em si mesmo, mas do qual não se tinha, até aí, dado conta. Isso não aconteceu de imediato.[124] Ele de início recusou a posição do filósofo, porque, afinal, o sentimento de resignação que nele apontava era-lhe ainda pouco familiar. Nele lutava um resquício da crença anterior no sonho revolucionário, contra o sentimento de resignação que o tomava. Isso não durou muito. Em 1855, escreveu a um amigo que, embora Schopenhauer o tivesse orientado a uma direção divergente daquela por ele adotada, ela correspondia ao seu próprio "sentimento profundo da essência do mundo".[125] É importante notar ter sido só a partir de sua obra acabada que ele tomou consciência dessa nova convicção. Foi esta que o convenceu de sua afinidade com o filósofo. A *renúncia* de Wotan fê-lo ver em si mesmo o sentimento afim com o que, na obra do filósofo, leva a vontade individual a negar

---

[123] Nós sabemos que Proust desenvolveu concepção aparentada a de Schopenhauer sobre o artista. Conf. in Proust, M. *Contre Saint Beuve,* Paris, Editions Gallimard, 1954. Nessa obra, ele observa que o homem mundano, "que vive em um mesmo corpo com um grande gênio, tem com ele poucas relações", p. 205. Schopenhauer reconhece que a força do artista fraqueja no indivíduo e que "há grandes intervalos nos quais, tanto no que diz respeito a vantagens quanto a carências, o artista de gênio está em igualdade com o homem comum" (cit. Schopenhauer/W I), Bd. I/1960) §36, p. 270.
[124] Já na época em que leu Schopenhauer pela primeira vez, Wagner diz sua estranheza em relação ao filósofo, e confessa a Cosima, mais tarde, que "no começo fora totalmente incapaz de entender Schopenhauer" (cit. Hollinrake/1986), Cap. 3, p. 75.
[125] (cit. Dalhaus/1996), p. 145/46. O amigo em questão é August Röckel.

a si mesma. Não podemos saber se Wagner chegou a perceber ou mesmo elaborar a concepção schopenhaueriana daquela misteriosa "essência individual eterna", o "aevum", que se constela no indivíduo[126]; vale dizer, a instância que permite ao homem sacudir-se do "princípio de razão", burlando assim o "princípio de individuação", a ponto de poder negar o mundo tal como aí está. Seja lá como for, podemos adiantar que, naquele momento ou ao concluir o *Anel*, Wagner se equivocava em relação ao que se dava nele, não só quanto ao sentido da renúncia de Wotan, senão e sobretudo quanto a si mesmo *enquanto artista*, vale dizer, enquanto um ser que *afirma a vida*.

Quem o orientou na leitura de Schopenhauer, após sua estranheza inicial, foi um amigo. Este o fez extrair da leitura do filósofo as implicações contidas sobretudo na concepção aí exposta acerca da arte trágica.[127] Segundo Schopenhauer, é na tragédia que se encontra o ápice do fazer artístico, porque só nela o fim por excelência é "a apresentação do lado assustador da vida". É nela que "nos são exibidos a dor sem nome, o lamento da humanidade, o triunfo da maldade, o domínio escarnecedor do acaso e a queda sem salvação dos justos e inocentes: pois está aí um sinal significativo acerca da qualidade do mundo e da existência. É o antagonismo da Vontade consigo mesma que aí avança, ameaçador e em seu perfeito desdobramento, no mais elevado patamar de sua objetividade."[128] Mediante o espetáculo do sofrimento humano encenado na tragédia, escreve o filóso-

---

[126] A concepção da "ideia individual", o "aevum", o eterno presente em cada indivíduo humano foi estudado na primeira parte deste ensaio, ao tratar da filosofia de Schopenhauer.
[127] (cit. Hollinrake/1986), Cap. 3, p. 74-78. O amigo-mentor de Wagner para Schopenhauer foi Georg Herweg.
[128] (cit. Schopenhauer/W I), Bd. I/1960, $51, p. 353.

fo, o espectador pode alcançar o conhecimento de que, como exclama Palmira, no *Mohammed* de Voltaire, o "mundo é para tiranos: vive tu!" O sentido da tragédia é, portanto, a denúncia da essência perversa do mundo. Nela se abre a visão de que "o herói paga não seus pecados particulares, mas o pecado original, isto é, a culpa da própria existência: "Pues el delito mayor del hombre es haber nascido..."[129]

O lugar à parte ocupado pela tragédia, entre as demais artes é, além de procurar interpretar a existência humana – como aliás o fazem todas –, conseguir levar o espectador a alcançar o ponto em que o "princípio de individuação" perde poder sobre a consciência. Liberta, assim, do véu da ilusão que a cegava, a consciência desmascara os "interesses" da Vontade. E pode, agora, resistir a ela. É importante insistir que a tragédia acontece não devido a algum crime do herói. Qual o crime de Ofélia, Desdêmona, Hamlet, Gretchen, etc.? O trágico nasce do "estar aí" do indivíduo, de seu mero existir neste mundo do "velle".[130] Eis o conhecimento terrível que a tragédia transmite: o de que a culpa individual se arranca ao mero estar na presença, ao existir banal de cada um de nós. O culpado não é o indivíduo, e sim o fundamento oculto de sua existência, o *ser* que o arrasta

---

[129] (cit. Schopenhauer/W I), Bd. I/1960, § 51, p. 354/55. A citação espanhola é de Calderón de la Barca, em *A vida é sonho*.

[130] Enquanto a consciência individual estiver submetida ao "princípio de razão", logo, aos artifícios com que a Vontade a ilude, o indivíduo continuará desejando e afirmando a vida em todo seu horror. O "velle" e "nolle" são a designação latina dada por Schopenhauer à afirmação e negação da Vontade: "A *afirmação e a negação da vontade de vida* é um mero "velle" e "nolle" (Querer e Não Querer)". Sem esquecer, que o "nolle" não significa, de modo algum, como o interpretam muitos, "o aniquilamento de uma substância". O mesmo querer, que até aí afirmou, agora nega a vida – mas nenhuma substância é atingida com isso (cit. Schopenhauer/P II), Bd V/1965, Cap. 14, p. 368.

no seu torvelinho cego. É o "crime do ser", que nela se revela.[131] Conhecimento abalador, capaz de conduzir o espectador – como o fazem o "santo" ou o moribundo iluminado moralmente pelo próprio sofrimento – a decidir negar a "vontade de vida", que o tem prisioneiro. Nenhuma outra obra de arte, conclui o filósofo, só a tragédia é capaz de atuar sobre o espectador como um "quietivo" da vontade, levando-o à "resignação".[132]

Essa leitura foi, sem dúvida, um choque para Wagner. Ao compreendê-lo, ele passou a investigar adiante a obra do filósofo. E acreditou ser um seu consanguíneo, seu "companheiro espiritual". Afinal, seu Wotan renunciava ao poder, um gesto que ele mesmo, até aí, não havia entendido, e interpretava agora como "renúncia" à vida enquanto tal. Vale, aqui, ter presentes as duas versões escritas para o final do *Anel* na fala de Brünnhilde. Eis a primeira delas, a utópica, de 1852/3:

> "Não bens, não ouro, nem luxo divino...
> bem-aventurado em prazer e dor,
> deixa – ser só o amor."[133]

Wagner diz ter-se tornado impossível, para ele, a partir da renúncia ao poder, por Wotan, conciliar esse elogio utópico do amor à nova concepção do *Anel*. De fato, como conciliar a *vitória do amor* com uma *renúncia à vida*? Pois, afinal, é assim que ele agora interpreta a fala de Wotan. Tomando por equivocada a direção impressa à peroração anterior da Valquíria,

---

[131] (cit. Hollinrake/1986), Cap. 3, p. 76.
[132] Com isso, não é a vida, apenas, que é negada, mas o ser ele mesmo de todo existente. (cit. Schopenhauer/W I), Bd. I/1960, $ 51, p. 354).
[133] (cit. Dalhaus/1996), citação: p. 147.

ele escreve uma outra (1856)[134], em que Brühnnhilde rejeita as reencarnações para ela e o amante:

"Se não viajo mais para a fortaleza do Walhalla,
    sabeis para onde irei?
Fugirei para sempre do lar do desejo e da ilusão,
    eu fecharei atrás de mim os portões abertos
        do eterno retorno.
Agora salva da reencarnação, do fim da marcha terrestre,
    vai aquela que sabe, em direção à Terra sagrada
        isenta do desejo e da ilusão.
O fim bem-aventurado do todo eterno,
    sabeis como eu o ganhei?
Abriu-me os olhos a mais profunda dor do amor enlutado:
    eu vi o mundo acabar."[135]

Aí, a concepção anterior, da utopia do amor, cede claramente lugar à "negação da vontade" schopenhaueriana. Já na renúncia de Wotan à sua obra, no desejo do "fim", que este declama, o compositor pensa estar descobrindo a "resignação" salvadora do filósofo. Trata-se, na verdade, de uma "resignação" que ele percebe, sim, em si mesmo, mas só *enquanto filósofo*. É enquanto pensador que Wagner se afina à obra de Schopenhauer. É preciso lembrar, contudo, que ele não integrou ao Drama essa versão, dita "budista", da peroração. Substituiu-a

---

[134] Em 1856, tendo ampliado suas investigações na obra de Schopenhauer, Wagner chegou a esboçar um drama musical intitulado *O Vencedor* (Der Sieger), baseado na vida de Buda (cit. Hollinrake/1986), Cap. 3, p. 78.
[135] (cit. Hollinrake/1986), Cap. 3, cit. p. 78 (tradução de Maia-Flickinger).

por outra, em 1872; bem mais curta e *nada clara* na intenção de uma renúncia final à vida, por Brünnhilde. Eu cito:

"Tudo! Tudo!
Eu sei tudo:
tudo estava agora livre para mim!
. . .
Descansa! Descansa, tu, Deus!"[136]

Segundo Wagner, o sentido obscuro do texto deveria ser expresso com o máximo impacto pelo *efeito musical* do drama. R. Hollinrake acredita que, ao fazer essa alteração, a intenção de Wagner *não* teria sido esquivar-se do final schopenhaueriano dado à obra.[137] O crítico há de estar certo: a *intenção consciente* de Wagner talvez não fosse fugir à conclusão filosófica da negação da vida para sua obra; mas é preciso analisar isso adiante. Volto, aqui, para tanto, à versão inicial do drama, quando era o sentido do amor e da promessa de um mundo liberto da opressão pelos deuses que orientava o todo. Desde esse início, a interpretação dada ao amor, condenando os amantes à destruição, segue fontes românticoidealistas; nestas, o amor impedido é o sinal da "doença" do mundo. Quanto mais estraçalhados o meio e as circunstâncias em que o amor se manifeste, tanto mais forte ele será. Trata-se de um sentimento raro, caracterizado pela recusa e a negação do mundo partido em que emerge, e o qual nunca chegará a vencer ou curar. Pelo contrário, serão sempre os amantes que se despedaçarão mergulhando na desgraça, na loucura ou na morte. Se perguntarmos pelo que define o amor,

---

[136] (cit. Anel/2019), p. 426.
[137] (cit. Hollinrake/1986), Cap. 4, p. 91-95.

nessas fontes, veremos que *não é o impulso sexual*, embora os corpos dos amantes se incendeiem, dando a impressão de que a sexualidade conteria o seu segredo. Mas não; a sexualidade é cega, e o que define o amor romântico é um *conhecimento misterioso*, que transmuda os amantes e os liberta. Na arte romântica, busca-se, sim, capturar esse mistério no encontro dos corpos afogueados; mas o encontro ou o enlace físico é compreendido como o momento em que, como na obra alquímica, a ganga impura da matéria transmuda-se no ouro do espírito. É quando a própria morte deixa de ser obstáculo à realização do amor.[138] Só os verdadeiros amantes alcançam sua realização, na "virada" em que seus olhos se abrem à transcendência.

Em Wagner, é também romântica a concepção da *coragem* sobre-humana que se exige dos amantes. Para chegar a *tocar-se*, eles terão de atravessar e vencer provas intransponíveis a indivíduos comuns. Siegfried terá de matar o dragão e atravessar o fogo que protege Brünnhilde. É isso, aliás, que neles denuncia uma natureza incomum, capaz de alcançar um mundo inacessível ao homem normal.[139] Basta vermos que a "queda" e a traição

---

[138] Em Rousseau, temos: "A virtude que nos separa na Terra nos reunirá na morada eterna. Eu morro nessa doce expectativa: demasiado feliz por comprar ao preço de minha vida o direito de amar-te sempre, sem crime, e de dizê-lo a ti ainda uma vez." Ver in Rousseau, J.J. *La nouvelle Héloise*, Paris, Librairie Larousse, 1988, tome II, p. 149. Também no *Werther*, de Goethe, a morte rasga limites do mundo e da alma, para o que nela é maior: "Tu és minha a partir deste instante! Minha Lotte! Eu vou à tua frente... até que chegues e eu corra para ti e te toque e fique contigo à face do infinito em abraços eternos. Eu não estou sonhando, não estou delirando! Torna-se tudo mais claro para mim à proximidade do túmulo. Nós seremos! Nós nos veremos de novo!" (Goethe, J.W. *Die Leiden des jungen Werthers*, München, dtv Verlag, 1978, p. 17).

[139] No segundo ato do *Anel* (Siegfried mata o dragão Fafner); terceiro ato (Siegfried destroça com a sua a espada de Wotan, e se lança nas chamas que envolvem Brünnhilde; as flamas recuam, ele a descobre e, adormecida, a abraça e beija apaixonadamente; ela hesita, cede, descobre que sempre lhe pertenceu – fazem amor pela

de Siegfried, ao violar o pacto de amor com a Valquíria, só se dá quando ele ingere a poção que o arrasta para baixo, para o nível do "homem normal", *esquecido de si,* oposto ao mundo superior, ideal, em que ambos se encontravam. Esse infortúnio se repete em toda obra romântica. Na trajetória infeliz de Siegfried, podemos acompanhar o processo da *queda* e do *esquecimento de si mesmo,* de que o homem é vítima no seu percurso histórico. Mas vislumbramos também a utopia da relembrança e da "cura" após o malefício, tão caras à consciência romântica.[140]

A pergunta a fazer, eu repito, é quanto a se essa utopia teria sido realmente extirpada do *Anel.* Ao ler Schopenhauer, o compositor deixou-se arrastar no sugadouro de seu pensamento. Ao contrário do que se constelava até aí, na obra do Wagner artista – a possibilidade de um resgate ou "cura" para o estado atual do existente –, a solução dada agora nasce do Wagner filósofo: o único ato válido que restaria ao homem frente a esse *pior dos mundos* seria "negá-lo", dizer "não à vida". Wagner acreditou firmemente em sua afinidade espiritual com Schopenhauer. Os vários documentos que se tem a respeito o confirmam; ou melhor, *quase todos...* E ele parece não ter duvidado disso, até

---

primeira vez.

[140] No terceiro dia: "O crepúsculo dos *Deuses"* primeiro ato (cit. Anel/2019) p. 346-352: Siegfried toma a poção e esquece; cai no mundo do homem normal. De agora em diante tudo é engano e traição. Terceiro ato: Nova poção (cit. Anel/2019), p. 415-418, faz Siegfried relembrar seu amor por Brünnhilde compreendendo a traição de que foi vítima; ferido por Hagen, morre saudando a amada ausente. Quando Brünnhilde se dá conta da perfídia de que ela e o amante foram vítimas, contempla o morto com imensa tristeza; para, a seguir, providenciar a fogueira e fazer com que ponham o corpo na pira. Tomando a tocha incendiária a si, ela a lança à madeira em que o corpo do amante repousa. Para afinal, montada em Grane, seu fiel garanhão, jogar-se nas chamas gritando por Siegfried. Será na morte, e na "promessa" que contém, que seu amor se realizará (cit. Anel/2019), p. 424-429.

morrer. Mesmo assim, eu insisto na pergunta: teria ele, efetivamente, dado ao "Anel" a solução pessimista de Schopenhauer – que *nega a existência* –, ou, pelo contrário, encontrado o destino final de sua obra na solução originária, romântico-idealista, da metamorfose alcançada no amor que liberta?

Carl Dahlhaus caracteriza como "quebradiça" a convicção de Wagner de que sua obra teria sido realizada de acordo com a metafísica de Schopenhauer. Ele argumenta que a própria *resignação* de Wotan expressa algo bem outro que o schopenhaueriano querer o fim do mundo. O querer, que essa resignação expressa, é o do *fim dos deuses*; um querer que levaria à ruína do mundo antigo e de sua velha culpa. Wotan, diz o crítico, quer a autodestruição dos deuses, para que, sacundindo-se da repressão e da angústia que o torturam sob sua tirania, *o homem* chegue à consciência de sua liberdade. É por levá-lo a essa nova consciência, que a morte dos deuses é bem-aventurada; e não, de modo algum, devido a uma pretensa "negação da Vontade".[141]

Há muitos escritos de Wagner (cartas, etc.) que *não* nos deixam duvidar da influência de Schopenhauer na realização de sua obra. *Uma carta*, porém, *uma só*, testemunha sua dúvida quanto a um ponto nevrálgico no pensamento do filósofo: o *da interpretação do amor*. Acho importante observar, aqui, que, se pudermos contar com um só testemunho contrário aos demais, no que diz respeito ao que pensava Wagner acerca de Schopenhauer, este haverá de ser, no que diz respeito à compreensão do *Anel*, o mais valioso. E nós temos, de fato, esse testemunho; que tanto mais considero, em função da data em que foi escrito

---

[141] (cit. Dahlhaus/1996), p. 149.

e do *para quem* foi dirigido. Foi Carl Dahlhaus quem chamou a atenção a essa carta datada de 1 de dezembro de 1858 e endereçada a *Mathilde Wesendonck*.[142] Na carta, Wagner fala acerca de uma "ampliação" e "retificação" parcial por ele impressa à filosofia de Schopenhauer. Há, sim, ele escreve, um "caminho de cura através do amor, para a perfeita tranquilização da Vontade"; caminho esse, ele prossegue, que nenhum filósofo reconheceu, nem mesmo Schopenhauer. Tal caminho acontece, porém, não através de "um amor humano abstrato, senão do amor real", cuja comprovação dá-se "a partir do fundamento do amor sexual, i. é, da atração entre homem e mulher, da qual germina o amor".[143]

Segundo Dahlhaus, nessa intentada "retificação" de Schopenhauer por Wagner, nós temos nada menos do que uma "inversão no contrário" da intenção anterior. Uma inversão, aliás, que permite ao artista Wagner *terminar de compor* a ação entre Brünnhilde e Siegfried. Ele havia confessado, em carta a amigo, a sua impossibilidade de conclui-la após ter imprimido ao texto a tal virada schopenhaueriana. Agora, porém, depois da "inversão" indicada, ele consegue fazê-lo![144] A própria concepção do amor entre Brünnhilde e Siegfried, que, ao seguir

---

[142] Mathilde Wesendonck é a mulher de um mecenas de Wagner. Conheceram-se em Zürich, quando ela já era sua ouvinte apaixonada. Embora se negasse a ter sexo com ele (era casada e mãe), sua relação amorosa durou de 1852 a 1858. As figuras de Siegelinde, Brunilde, Eva e Isolde nasceram inspiradas nela. Wagner só se libertou de sua influência ao encontrar, na filha de F. Liszt, Cosima von Bühlow (que deixou o marido por ele), a mulher de sua vida. Sem esta, segundo o próprio Wagner, o *Anel* não teria sido concluído (cit. Rieger/Symposion/2003). Ver na contribuição de Eva Rieger "*Richard Wagners Weiblichkeit*", p.151-152.
[143] (cit. Dalhaus/1996), p. 150.
[144] Em carta a amigo, Wagner expressava essa impossibilidade (cit. Dalhaus/1996), p. 149-150.

Schopenhauer, Wagner tinha julgado um "efeito devastador" posto em ação pela Vontade[145], *vê-se, aí, nesta carta a Mathilde, claramente revisada.* A pergunta a ser feita é se o compositor teria, realmente, acreditado que sua reinterpretação do amor, *devolvendo-o às raízes sexuais,* poderia caber na metafísica do amor exposta por Schopenhauer.[146] Pois ele estava voltando, com isso, à concepção romântica do amor, segundo a qual, como vimos, o amor sexual acoberta um segredo cuja chave se encontra nos corpos enlaçados dos amantes – para apontar ao "mais" na matéria incendiada.

Seja lá como for, com essa "ampliação" e "retificação" parcial da filosofia de Schopenhauer, Wagner estava simultaneamente *revogando* a sua própria interpretação "budista" do "Anel". Ao apontar no "amor real" o caminho de "cura" para o ser equivocado do mundo, ele volta a imantar sua obra com o espírito utópico que havia tido na origem. Dahlhaus insiste em que o

---

[145] Foi ao amigo Röckel que Wagner confessou (verão de 1857) sua impossibilidade de compor o despertar de Brünnhilde no início do 3º ato do *Siegfried*. Segundo Dahlhaus, foi só após essa carta à Mathilde Wesendock que Wagner conseguiu compor a ação entre os amantes (a utopia do amor enquanto libertação do medo); ainda assim, segundo o crítico, a "coloração schopenhaueriana" do texto foi mantida (cit. Dahlhaus/1996). p. 149-150.

[146] Para Schopenhauer, o *instinto* sexual é uma espécie de "loucura" (Wahn), em todo o caso uma "ilusão" que a natureza planta no indivíduo para fazê-lo servir a *espécie*, acreditando estar servindo a si mesmo. O instinto sexual só serve a espécie; na escolha de seu par, o indivíduo persegue uma *quimera*, a qual desaparece assim que perpetrado o ato (cit. Schopenhauer/W II), Bd. II/1960, Cap. 44, p. 688. Importa, aí, tão somente o novo ser, que entrará na presença através desse ato, para servir o impulso cego da vontade. O instinto sexual é o mais poderoso e ativo motor da Vontade no mundo, ocupando a metade das forças e do pensamento da humanidade e submetendo os indivíduos a seus próprios interesses (da Vontade). Essa submissão dá-se, sem diferença, desde as mais opacas até as mais brilhantes cabeças, sem exceção (idem, p. 681-682).

antes propalado "efeito devastador", que Wagner tinha passado a ver no amor, não corresponde ao que se dá efetivamente na obra concluída. "O amor de Siegfried e Brünnhilde", escreve o crítico, "não se enreda por si mesmo em uma contradição trágica – ele não se destrói por buscar realizar-se e se consolidar na realidade –, mas é aniquilado a partir de fora, tornando-se vítima de um mundo adverso. Pelo contrário e acima de tudo, antes da cegueira e confusão que os tomou, o seu amor foi realidade; e tê-lo sido significa uma promessa para o futuro". Se, portanto, no "Crepúsculo dos deuses", a Brünnihlde de Wagner volta as costas à afirmação precária do existente, ela o faz *em nome do amor*; de uma forma de amor que traz consigo um conhecimento simultaneamente terrível e libertador.[147]

Nessa nova interpretação impressa por Wagner ao sentido do drama – quando não nega mais a sexualidade (ou a atração básica entre homem e mulher), *da qual se gesta o amor real* –, é muito clara a inflexão na *atração sexual* como seu *fundamento*. Ele sequer menciona uma ultrapassagem da ânsia insaciável do corpo (em sentido schopenhaueriano). Terá ele realmente acreditado *não* estar, com isso, negando Schopenhauer, senão "ampliando"? Pois, se o desejo sexual faz parte do "amor real", se a atração inicial sequer se metamorfoseia na "compaixão" própria ao "amor verdadeiro" (em sentido schopenhaueriano), essa "ampliação" não tem mais nada a ver com o filósofo. Segundo este, a compaixão de modo algum poderia nascer da inclinação sexual. Esta, como sabemos, é, para ele, o fulcro mais imediato e cego, mais verdadeiro da manifestação da Vontade no mundo. Já o fulcro eruptivo da compaixão é antípoda da

---

[147] (cit. Dalhaus/1996), p. 149.

fonte metafísica de que brota o desejo sexual, fazendo dela (compaixão) "a mola" do autêntico agir moral. É ela "o grande mistério da ética" cuja interpretação pertence à metafísica[148]. Esta, porém, só se inicia quando o "Sim" à vida enlanguesce e a "negação" aflora no cerne da vontade individual.

Voltando ao *Anel*. No encerramento da tragédia, a Valquíria contempla o amante morto e nem tenta abraçá-lo, trazê-lo de volta. É ela mesma que faz erigir a pira mortuária, para nela deixar que arremessem o amante e arrojar-se, por fim, também, no seu incêndio. O amor, o sofrimento de sua perda ensinou-lhe que *este mundo em que ela e o amante mergulham,* não vale a pena. Tal descoberta e o fim do *velho mundo* são um só. Trata-se, aqui, não da negação do *ser* do mundo, senão da crença na possibilidade de uma "cura", mediante a negação de seu estado atual. Sacrificados a partir de fora e em nome do amor, os amantes traídos pelas circunstâncias, mas reconciliados na relembrança do que são em si mesmos, lançam a ponte para outro estado do mundo – liberto dos deuses. O velho mundo ainda os envolve e sacrifica no seu torvelinho final; mas o novo virá. A inspiração, aqui, é essencialmente "romântica". Vimos antes que, ao excluir a peroração budista para o final do drama, Wagner substituiu os seus versos por um breve:

---

[148] (cit, Schopenhauer/Preisschrift), Bd. III/1962, §21, p. 811 e §18, p. 764. Mesmo o animal, nós sabemos, tem esse sentimento; aliás, para o filósofo, é preciso ser cego para não ver que, *no essencial,* homem e animal são o mesmo (cit. Schopenhauer/Preisschrift) Bd. III/1962, §19, p. 774. Tal como para Rousseau, a compaixão é, para Schopenhauer, um "sentimento natural" (idem, §19, p. 781-784), que se manifesta no "fenômeno arcaico" do amor ao próximo, desde a Pré-História. Inexplicável da perspetiva empírica, a compaixão é uma "mística prática", e "o grande mistério da ética" (idem, §21, p. 811), porque sua mola é "não egoística" em um mundo regido pelo egoísmo (idem, §19, p. 764).

> "Tudo! Tudo! Eu sei tudo:
> tudo está agora livre para mim!
> ....
> Descansa! Descansa, tu, Deus!"[149]

Nada, nesse texto, indica uma "negação" final da existência, senão a abertura de um conhecimento que contém a consciência da liberdade. Ainda assim, segundo Hollinrake, Wagner *não* se estaria esquivando ao final schopenhaueriano, senão confiando à música sua expressão.[150] À música, portanto... como se ela expressasse o final budista ... Mas o que "diz" a música nesse final do *Anel*?

Foi sobretudo nessa obra de Wagner que o "Leitmotiv", ou a "melodia infinita", executada sem cessar pela orquestra, tomou proporções desmedidas. Sabemos que a orquestra é o incansável "narrador" na obra de Wagner. Enquanto tal, é ela que arrasta o ouvinte a perceber/adivinhar o que se passa por detrás da cena, metamorfoseando o passado lembrado e anunciando um futuro inimaginável; e mais, muito mais, que os conceitos não podem dizer. O insólito, nessa composição, é justamente o fato de que a música *não diz apenas* o que diz o texto ou o diz de outro modo; ela expressa "também algo outro, contrário, aqui e lá", e como que sabendo mais, bem mais do que o texto.[151] Os intérpretes e especialistas na música de Wagner descrevem de modo fascinante, para um leigo, o papel da orquestra na execução da composição musical do *Anel*. São

---

[149] (cit. Anel/2019), p. 426.
[150] (cit. Hollinrake/1986), Cap. 4, p. 94.
[151] (cit. Voss/Symposion/2003) na contribuição de Egon Voss; *Versagt die Musikwissenschaft vor der Musik Wagners?* p. 16.

descrições, nas quais podemos apanhar a teia do "narrado" como se a ler um romance, em que a lembrança, a visão, o pressentimento e a adivinhação vão tomando a batuta e arrastando o leitor/ouvinte a um universo estranho. Universo de gozo arrepiante atravessado de presságios e ameaças, em retorno incessante e a impulsionar, ora ao êxtase ora à queda sem ar, no vazio – porque esse fluxo musical volta sempre de novo a mergulhar no incondicionado, no não domado, no caos à sua base.

Ao ser assim apresentado na música, escreve Egon Voss, o texto wagneriano abandona o nível racional em que o leitor o compreende, apelando e desdobrando o seu lado sensual inexpressável nas palavras. No entanto, ele prossegue, a música por si só, sem o texto, não poderia ser compreendida, pois Wagner a compõe sempre enlaçada à cena dramática, no que ele mesmo descreve como "melodia infinita". Essa melodia, normalmente indicada nos "motivos" ou no "Leitmotiv", não deve ser, contudo, entendida como contendo um significado fixo, agarrável no "nome" que recebe. Wagner se defendia, nós já vimos, contra essa interpretação estreita dos seus, como os chamava, "temas de fundo". Estes *não* deveriam ser concebidos como contendo uma ideia, um pensamento. O que eles indicam são antes situações, conteúdos afetivos, que se vão alterando, mesclando e se interpenetrando sem chegar a conclusão nenhuma, senão trocando sem cessar seus conteúdos. Em muitos casos, por certo, é Voss que insiste, a eles se agrega uma semântica que, ainda assim, não se mantém constante. Wagner chamou "variações" essas transformações emersas nas repetições dos motivos. Executadas pelos instrumentos da orquestra, elas vêm sempre ligadas ao drama, em seu desdobramento; mas, embora reconhecíveis, as variações vão-se transformando e transmitindo impressões modificadas.[152]

É compreensível, por isso, segundo Y. Kasnók, que essa música seja difícil de ouvir de modo concentrado. Seu escorrer contínuo é um *tour de force* para o espectador/ouvinte, que perderá, talvez, a maior parte, se não for um expert em música; e, mesmo assim... Era, contudo, justamente isso que Wagner queria: esse aprendizado da atenção em oposição ao que a ópera havia sido, até então. Seu drama musical não era feito para um público presente/ausente, como de hábito; um público que se movimentasse no espaço, indo e vindo, conversando, rindo, aplaudindo, vale dizer, meio atento, meio distraído quanto ao que se passava no palco.[153]

Tendo isso tudo em vista, temos de conceder que a música de Wagner não diz apenas o que diz o texto. Ela diz mais, muito mais: diz o que nele cala e até mesmo o contradiz. Ambos, música e texto, fazem, no entanto, um só. Tendo-se em mente as várias alterações impressas ao texto do *Anel*[154] pelo compositor, e se considerando que, segundo ele, é finalmente a música que expressa o que o texto escrito não consegue apanhar, importa-nos saber, na obra acabada, *qual o final que a orquestra narra, quando "narra" o drama.*

---

[152] (cit.Voss/Symposion/2003) na contribuição de Egon Voss: *Versagt die Musikwissenschaft vor der Musik Richard Wagners?*, p. 17-21.

[153] Caznók, Y.B. e Naffah Neto, A. Ouvir Wagner, Ecos Nietzschianos (cit. Ouvir), São Paulo, Musa Editora, 2000 (cit. Caznók-Neto/ Ouvir/2000), p. 22 ss.

[154] No *drama escrito*, Wagner imaginou, *primeiro*, um final otimista voltado ao futuro (na afirmação do poder por Wotan), *a seguir*, um final romântico-feuerbachiano (baseado na força do amor derrotando o poder) e, *em um terceiro momento*, imaginou um final schopenhaueriano (de negação da vida).

Carl Dahlhaus observa que, no momento em que Wagner trocava o espírito da utopia de uma liberdade conquistada através do amor, pela "negação da essência do mundo", o herói do *Anel* deixava de ser Siegfried. Ele passava a ser Wotan, que, na "Valquíria", é um deus resignado, aparecendo, no "Siegfried", como um "caminheiro", um espírito morto para si mesmo. Segundo Dahlhaus, seria essa a interpretação mais geralmente aceita pelos exegetas que buscam convicções político-filosóficas no *Anel*. O próprio Dahlhaus recusa essa interpretação da conclusão da obra. Aqui, segundo ele, seria preciso atentar antes ao "Wagner dramático" do que ao "filósofo Wagner". No final dado ao "Crepúsculo dos deuses", em 1848, é o amor de Brühnnhilde por Siegfried que vence o desejo de poder; é este amor que se opõe à renúncia de Wotan e antecipa a reconciliação futura. A Valquíria é, neste caso, o exemplo de uma futura humanidade. Segundo o crítico, foi de modo consciente que Wagner não compôs musicalmente nem essa versão utópica, nem a resignada, na qual Wotan renuncia ao poder em favor de uma humanidade sem medo. Ele acreditava, sim, na versão schopenhaueriana da negação da existência; mesmo alterando *o texto* budista, continuava pensando que a música composta para esse final estaria expressando o sentido final de *negação*. *Enganou-se*, diz Dalhaus, pois o significado final, que ele deixou valer, *enquanto músico*, foi o de 1852:

"bem-aventurado em prazer e dor,

deixa – ser só o amor."[155]

---

[155] (cit. Dahlhaus/1996), *Götterdämmerung*, versão de 1952, p. 200.

Vimos que esse final utópico, esboçado na prosa de 1852, foi substituído em 1856 por estrofes que cantam uma utopia negativa, no *espírito de Schopenhauer*. Agora, porém, segundo Dahlhaus, ao concluir o *Anel*, é aquele final anterior que se vê retomado por Wagner na música, e aí confirmado. Ouvindo-a, temos de concordar com o crítico. Essa música atinge-nos como uma afirmação incontestável da vitória final do amor. E nos vem, insistente, a pergunta quanto a se deveríamos acreditar, que, no seu envolvimento com a metafísica de Schopenhauer, o compositor não o tivesse percebido? Pode ser? Ele afinal não tinha sido claro acerca de sua *nova posição* quanto ao amor, na carta enviada a Mathilde Wesendonck? Nela, quem fala é, sem dúvida, o "Wagner artista". É este que "amplia" e "corrige" a interpretação do amor dada por Schopenhauer, apelando às raízes da sexualidade humana enquanto fulcro do "amor real". Teria o "Wagner-filósofo" sido mesmo tão cego?

É muito significativo que, nesse final da tragédia, enquanto os amantes são devorados pelo incêndio – vítimas de um mundo falso, que aí se extingue –, restam "os homens e mulheres, que olham em muda comoção" o desastre final. São estes os sobreviventes da catástrofe.[156] É diante de seus olhos que o velho mundo arde em chamas; é para eles, para sua consciência transmudada à visão da catástrofe, que uma liberdade desconhecida se anuncia. O texto escrito do drama cala acerca disso; deixa o fim em aberto, *para que a música o diga*. O que diz ela? Segundo Dahlhaus, a música executada pela orquestra no "Crepúsculo dos deuses" extrai aos pressentimentos e às lembranças *o fundo* dos acontecimentos. Um *fundo* que se

---

[156] (cit. Anel/2019), p. 429.

entretece dos vários motivos míticos, ligando-os aos processos presentes enquanto sua origem e seus pressupostos históricos. À medida que o mito dos deuses empalidece na cena, a música o traz à presença, tornando-o central dentro dela. A *ambiguidade* do caráter dramático-musical na estrutura desse último ato nasceria, também, segundo o crítico, "das consequências resultadas a partir da distância temporal entre a origem do texto e a composição musical."[157] Dahlhaus remete, aqui, ao "embaraço" dos exegetas fixados na "última palavra" de Wagner frente às muitas alterações impressas por ele ao Drama – como se o Drama se prestasse à expressão da permanente troca de convicções político/filosóficas... "Wagner não estava, de modo algum, seguro", ele prossegue, "acerca do significado de sua própria obra; dever-se-ia, por certo, antes confiar no Wagner dramaturgo do que no Wagner filósofo."[158]

Também Egon Voss ouve o "Crepúsculo dos deuses" como um pôr-se em cena da música, desde o início. No que aí diz respeito à morte, escreve ele, música e texto não deixam dúvidas quanto a que o tempo irá voltar e que os amantes se reencontrarão, para serem felizes juntos. Brünnihlde torna-se outra, nesse final; ela, aqui, ganha um novo motivo, enquanto Siegfried recebe apenas uma "variante" no seu motivo como se não houvesse deixado de todo a sua essência anterior. Mesmo na passagem musical para a cena final – nomeada "marcha fúnebre", porque Wagner a interpreta como um "cortejo fúnebre" –, a música e a cena, segundo Voss, encontram-se em franca oposição. Sucedem-se aí, por um lado, uma série de motivos que lembram as estações da vida de Siegfried, com o

---

[157] (cit. Dahlhaus/1996), p. 194-95.
[158] (cit. Dahlhaus/1996), p. 199.

"motivo do herói" soando ao final. Após isso, a música toma conhecimento de sua morte e canta esse motivo, para voltar, nos "Leitmotiv", à correnteza retrospetiva, até de novo festejar Siegfried no "motivo do herói". Já na cena final de Brünnhilde, ouve-se o "motivo da salvação", expressando sobretudo o amor da Valquíria por Siegfried. Têm-se, a seguir, uma recapitulação de motivos, sobretudo os do "Ouro do Reno", das "Filhas do Reno" e do "Walhalla", mesclados àqueles de "Siegfried" e do "Crepúsculo dos deuses". Para retornar, finalmente, ao "motivo da salvação". Da salvação pelo amor...[159]

Outro cientista da música, Manfred Hermann Schmid, chama a atenção ao fato de que a discussão em torno do encerramento do *Anel* encobriria "um elemento essencial do pensamento wagneriano sobre a arte". A saber, o de que o texto não pode achar um final determinado. "O encerramento pertence unicamente à música". Com efeito, as versões poéticas da obra não definem final nenhum. Schmid concorda com Dahlhaus, que afirmou ter sido "a primeira concepção da obra, ao mesmo tempo, a última." A música de Wagner festeja, ao final, também segundo Schmid, a utopia da "salvação pelo amor". É esse "Leitmotiv" que – na mescla com o "motivo do Walhalla" (este se vai acentuando entre os demais motivos) – ganha um crescendo triunfal, quase apoteótico (que o texto não justifica absolutamente). Na música, portanto, e isso parece ser definitivo, o encerramento do "Crepúsculo dos deuses" celebra a vitória do amor sobre o poder, anunciando um mundo metamorfoseado em liberdade.[160]

---

[159] (cit. Voss/2019) p. 537-539.
[160] (cit. Schmid/Symposion/2003), na contribuição de Manfred Herrmann Schmid, *Zu den Schlüssen in Wagners Ring*, p. 52-58.

Como vemos, segundo as interpretações dos críticos modernos, Wagner equivocou-se quanto ao sentido de sua própria obra. Teria ficado cego para seu próprio caminho devido ao fascínio sentido pela filosofia de Schopenhauer? É possível? Sua criação, isto é, o artista nele, teria podido enganar, driblar o pensador, que se julgava mais forte, mais verdadeiro? Tendo em vista a concepção schopenhaueriana do *conhecimento que caracteriza o artista* e o submete à Vontade, na contemplação do espetáculo da vida, podemos depreender que, *enquanto artista*, Wagner *não poderia optar pela renúncia ou a "negação da vida"*. E, ao que parece, ele de fato não o faz. O seu *Anel* é uma afirmação triunfal da "Vontade de vida".

Se isso *não* acontece claramente no texto escrito do drama, ou no texto restado a todas as transformações sofridas através dos anos, isso *se dá,* contudo, obviamente, na música. Esta vai muito além do texto, a denunciar o que moveu seu criador. Verdade é que, na mesma passagem, na qual Schopenhauer descreve o "conhecimento" do gênio artístico, encontramos o *indício do que poderia, sim, acontecer a ele,* frente ao que experimenta e aprende na arte trágica. Se esse conhecimento delicioso e assustador a um só tempo *não* se poderá tornar para ele, *enquanto artista,* um "quietivo da Vontade", *pode ocorrer* – vejam só! – que a força nele intensificada pela contemplação, "finalmente cansada do jogo, atinja a seriedade."[161] Schopenhauer admite, assim, a possibilidade de, mediante esse outro tipo de conhecimento, *o artista* vir a libertar-se do jugo da Vontade, chegando à *transição final* para um outro modo de

---

[161] Uma alegoria para essa "transição ou passagem" encontra-se, segundo o filósofo, na "Santa Cecília" de Rafael (cit. Schopenhauer/W I), Bd.I/1960, §52, p. 372.

querer.[162] É, no entanto, bem claro, que, nesse caso, aí chegado, o artista não seria mais "artista" – este, de modo algum, teria podido desviar os olhos do espetáculo da vida...

Breve consideração sobre o "caso" Nietzsche/Wagner

Alcançado esse ponto, na constatação da luta travada entre o artista e o filósofo no Wagner compositor, ocorre-nos, naturalmente, sua relação com Nietzsche cujo fundamento inicial foi sobretudo a música, além da admiração de ambos por Schopenhauer. Fundamento não só da simpatia que os uniu, senão também da repulsa subsequente do filósofo pelo compositor. Estranha essa constelação de amor e ódio entre os dois... Podemos perguntar, talvez, se a insistência de Wagner em manter, apesar de si mesmo, a interpretação "budista" do "Anel" não poderia advir dessa divergência tardia?[163] Teria Wagner querido *parecer schopenhaueriano até o fim*, por teimosia e orgulho, devido ao "julgamento" de Nietzsche? Sim, do jovem amigo, que, depois de o endeusar junto e devido a Schopenhauer, etiquetou-os como o filósofo e o artista "da decadência"?[164]

Nietzsche foi o talvez mais sensível discípulo de Schopenhauer, a ponto de nele encontrar prefigurado o seu caminho

---

[162] (cit. Schopenhauer/W I), Bd. I/1960, §52, p. 372.
[163] Em nota tardia, referindo-se a Schopenhauer e Wagner, Nietzsche escreve que, aos 21 anos de idade, ele teria sido, talvez, "a única pessoa na Alemanha que amava esses dois com igual ardor" (cit. Hollinracke/1986), Cap. 4, cit. p. 91.
[164] "Só o filósofo da decadência deu ao artista da decadência o *si mesmo*..." E adiante: "... *ele tornou a música doente*...". In Nietzsche, F. *Werke*, hrsg. von Karl Schlechta, München-Wien, 1996: *Der Fall Wagner*, Bd. I (1888) (cit. Nietzsche/Fall), Bd. I/1996 p. 911-912.

de oposição ao mestre.[165] Ainda assim, ou talvez por isso mesmo, precisou destilar contra ele a sua bílis negra... Em "O caso Wagner", escrito doze anos após seu afastamento do compositor, ocorrido em 1876, ele inicia exaltando o Wagner inicial, o Wagner que afirma a vitória do amor sobre os "acordos" com a tradição e a moral. Nietzsche o exalta por corrigir a saga e fazer de Siegfried um herói sem medo; sim, por tentar emancipar a mulher ensinando-lhe o amor livre, esse crepúsculo da velha moral, etc...; e observa: "O navio de Wagner navegou longo tempo, alegremente, por *este* caminho. Neste, Wagner buscava o *seu* objetivo maior. – O que aconteceu? Uma desgraça. O navio avançou contra um recife. Wagner encalhou. O recife era a filosofia de Schopenhauer. Wagner encalhou em uma visão de mundo *contrária*. O que tinha ele posto em música? O otimismo. Wagner se envergonhou. Mais ainda, um otimismo, para o qual Schopenhauer tinha criado um epíteto mau – o otimismo *infame*. Ele se envergonhou mais uma vez. Refletiu longamente, sua situação parecia desesperada.... Finalmente,

---

[165] Nesta passagem, Schopenhauer observa que aquele ser humano que, tendo compreendido o seu ensinamento, mas encontrando satisfação na vida, desejasse, assim mesmo, sua duração e retorno infinitos, armado pelo conhecimento do que isso significa, poderia ir sem medo ao encontro da morte, considerando-a como uma "falsa aparência", por saber ser ele mesmo aquela Vontade. Por saber, portanto, que, por ter enxergado através do véu de Maya, prosseguiria existindo, no passado e no futuro infinitos. Muitos indivíduos, ele prossegue, poderiam estar postados nessa perspetiva, desde que seu conhecimento andasse "a passo igual com a sua vontade, e eles fossem capazes de, livres de toda ilusão, tornarem-se, para si mesmos, claros e precisos. Pois este é, para o conhecimento, o ponto de vista da total *Afirmação da Vontade para a Vida*" (cit. Schopenhauer/W I), Bd. I/1960, §54, p. 391-393. Nietzsche há de ter visto, nessa postura corajosa, o instante de virada de uma vontade curvada à própria culpa, para uma autoultrapassagem no sentido do *homem além do homem*, em um mundo, com isso, segundo ele, igualmente metamorfoseado em algo "melhor", vale dizer, mais forte.

acenou-lhe uma saída: que tal se ele interpretasse o recife em que tinha fracassado como *fim*, como uma intenção por trás, como o sentido propriamente dito de sua viagem? Fracassar, *aqui* – isso era também um fim. *Bene navigavi, cum naufragium feci...* E ele traduziu o *Anel* em schopenhaueriano."[166]

O que terá Wagner sentido ao ler essa e outras publicações agressivas do "amigo"? Eles haviam sido íntimos, tinham-se amado "de amor profundo", alimentado "as maiores esperanças recíprocas", como confessa Nietzsche em carta de 1883.[167] E Wagner deveria, agora, publicamente, confessar que este que ora o negava tinha razão? Mais ainda, deveria defender-se e conceder que afinal o artista nele acabava por vencer o pensador que ele mesmo havia acreditado ser? Podemos, é claro, admitir que, *enquanto pensador,* Wagner tivesse continuado a acreditar na filosofia de Schopenhauer. Mas não terá *sentido que sua música, que o artista nele traíam o pensador?* Por outro lado, temos de considerar, igualmente, que Nietzsche *não parece ter ouvido bem* a composição final do "Crepúsculo dos deuses". É compreensível que, *nessa altura dos acontecimentos*, como filósofo do grande "Sim" à vida, ele discordasse do texto wagneriano. Sobretudo porque a peroração de Brünnhilde, embora retirada do texto por Wagner (desde 1862), tinha-lhe já revelado a guinada "budista" no sentido geral dado ao *Anel*. A essa guinada ele teria mesmo que repudiar, agora. Pois, afinal, tinha sido o sentido "dionisíaco" do drama musical wagneriano o que o havia fascinado, desde o início; e justamente por nele ouvir soar "uma natureza transmudada em amor"[168]. Contudo,

---

[166] (cit. Nietzsche/Fall), Bd. I/1996, p. 911.
[167] (cit. Hollinracke/1986), Cap. 3, cit. p. 72.
[168] Nietzsche, F. *Werke,* hrg. von Karl Schlechta, München-Wien, Karl Hanser Verlag,

se, no seu texto, Wagner passara a negar a interpretação dionisíaca anterior, acabamos de ver que continuava a celebrá-la na música do *Anel*; sim, que ainda dava ao amor a vitória final contra a resignação e negação da vida...

O que causa estranheza é sabermos que Nietzsche presenciou, sim, que *ouviu a música desse final do Drama*. Ele assistiu a sua primeira encenação, em Bayreuth, no ano de 1876 – o sabemos por carta dirigida por ele a sua irmã, quando ainda na cidade.[169] Estaria de tal modo perturbado pelo texto da peroração de Brünnhilde (que havia conhecido e *admirado* anos antes), a ponto de *não ouvir* a apoteose ao amor e à liberdade que soa em tão óbvia oposição a ele, no encerramento da obra? É o que parece. Pois, nos ataques a Wagner – e foram muitos a partir de então –, ao buscar *esclarecer seu repúdio* à obra do compositor, Nietzsche encontrou sempre nos *versos da peroração* a justificativa para tal.[170] Versos em que Brünnhilde deixa atrás de si "os portões abertos do eterno retorno", e vê "o mundo acabar"[171] – numa contradição gritante com o seu próprio "eterno retorno", em que celebra o grande "Sim" do homem trágico à vida. Um "Sim" que recusa o consolo metafísico frente ao iniludível horror que atravessa o existente... O mesmo "Sim" à vida e ao amor celebrado, afinal, na música que encerra o Drama do *Anel*... na música que Nietzsche não conseguiu "ouvir"...

1966: *Unzeitgemäße Betrachtungen*, Viertes Stück. *Richard Wagner in Bayreuth* (cit. Nietzsche/R.W. in Bayreuth), Bd. I/1996, p. 388.

[169] Em 28 de julho de 1876, Nietzsche escreveu à sua irmã, dizendo que "tinha visto e ouvido o drama musical na íntegra". Tratava-se do "Crepúsculo dos deuses" (cit. Hollinracke/1986), Cap. 3, p. 85.

[170] (cit. Hollinrake/1986), Cap. 4, p. 86.

[171] (cit. Hollinrake/1986), Cap. 3, cit. p. 79, cit. (trad. de Maia-Flickinger).

"O caso Wagner" será talvez o único testemunho filosófico de um "caso de amor" mal resolvido entre um compositor e um filósofo. Difícil adivinhar o que se passou em Nietzsche ao assistir a esse final do *Anel*, para que Wagner se tornasse, de repente, o "gênio mais descortês do mundo".[172] Por quê? Porque ele mesmo, Nietzsche, havia acreditado nele, um dia? Por ter bebido cada verso, cada palavra escrita e dita, cada tom musical *vindos dele*? Por se ter "curvado" à sua frente, e não lhe ter sido possível *não* o fazer?[173] Seja lá por que for, Wagner deixou de ser, para ele, o "músico por instinto" que cultuava. Sua música não teria sido jamais verdadeira, embora tomada como tal, desde que seu ouvinte fosse bastante "infantil" para tanto (como ele mesmo o fora), etc., etc..[174] Impossível, ele prossegue, acreditar que seja um músico, alguém que, como Wagner, diga que a música não é "só música", senão um "meio" de dizer de outro modo significados literários obtidos a partir de uma mentirosa "escola da esperteza".[175] E acrescenta, indignado: "Assim não pensa músico nenhum!"[176] Os impropérios se sucedem, num crescendo, e o mais tosco de todos é justamente o que ele atira sobre o "Leitmotiv" wagneriano: "No que porventura se refere ao Leitmotiv", escreve, "falta-me para isso todo o entendimento culinário. Se me forçassem, eu o deixaria valer como palito de dentes ideal, como oportunidade de alguém se ver livre de *restos* de alimentos."[177]

---

[172] (cit. Nietzsche/Fall), Bd. I/1996, p. 905.
[173] (cit. Nietzsche/Fall), Bd. I/1996, p. 919.
[174] (cit. Nietzsche/Fall), Bd. I/1996, p. 920.
[175] (cit. Nietzsche/Fall), Bd. I/1996, p. 923.
[176] (cit. Nietzsche/Fall), Bd. I/1996, p. 924.
[177] (cit. Nietzsche/Fall), Bd. I/1996, p. 920-921.

Mas basta. Temos, com isso, o suficiente do amante traído. Ainda "amante", do contrário não destilaria tanto ódio ou ressentimento, como se queira... Seja lá como for, essas tiradas de Nietzsche contra Wagner dão-nos – na transparência dos sentimentos que o dominavam ao escrevê-las – tanto mais clareza quanto a que ele *não deve ter ouvido* o ato final do *Anel, quando o ouviu*... Quero significar, com isso, que, *tendo o olhar fixo no texto de Wagner*, mais especificamente, na peroração da Valquíria, ele não atentou ao que "ouviu"... Terá ocorrido o mesmo com o compositor? Se é que este se equivocou, de fato, acerca do que fez ao musicar o encerramento do Drama...

Por não ter sabido ouvir a música de Wagner, Nietzsche parece tanto mais ter temido o fascínio que ela continuava a exercer sobre ele. Pois concordava com Schopenhauer a respeito do gênio musical: este "revela o ser mais íntimo do mundo, e fala a mais profunda sabedoria em uma língua que sua razão não compreende; como um sonâmbulo magnético, ele dá decifrações acerca de coisas, para as quais, acordado, não possui conceito algum".[178] Wagner já o arrastava há muito no vórtice desse "sono magnético", do qual ele tentava, agora – equivocadamente –, sacudir-se. Como domar em si o desejo de "ouvi-lo" ainda uma vez?

Seu gesto mais desconcertante em relação ao compositor, e o talvez mais denunciatório de sua – como dizê-lo? – "paixão traída", está no grosseiro apequenamento que dirigiu ao "Leitmotiv". Não esquecer que esse termo foi aplicado desde a primeira apresentação do "Crepúsculo dos deuses" (assistida por Nietzsche), como caracterização do que é mais singular

---

[178] (cit. Schopenhauer/W I), Bd. I/1960, §52, p. 362.

e próprio à música de Wagner. E a reação do compositor foi imediata. Ele alertou a que o termo *não* deveria ser entendido como um portador de significado, como um esclarecimento racional de sentido; pelo contrário, deveria ser entendido como emergindo "emaranhado à paixão crescente da ação" – como ligado à experiência sensual, aos afetos.[179] Como algo, portanto, não fixo. Nietzsche não o entendeu assim; sequer o entendeu. E era mesmo difícil de o entender, então, devido à complexidade do papel que a orquestra tem no drama. Enquanto "narrador" do que *não* emerge à luz, do que *não* é visto na cena ou se deixa formular em palavras, a orquestra faz jorrar, de dentro da ação dramática, o emaranhado de temas – na dita, por Wagner, "melodia infinita". "Os motivos", escreve Voss, "não surgem de uma semântica fixa que eles já trazem sempre consigo, senão do caráter e do conteúdo afetivo da cena, da situação, na qual, de cada vez, eles entram em ação."[180]

Podemos dizer que, como muitos críticos importantes da época[181], Nietzsche não entendeu o músico Wagner; não, ao menos, quando da composição final do *Anel*. Sentiu o efeito embriagador de sua música, mas não soube interpretá-la, ou antes, a interpretou como aqueles, a partir do texto escrito. Teria tido medo do que sentiu? Medo da indomável afirmação da vida e do amor também sexual que a atravessa? Não; não Nietzsche, por certo. O que aconteceu naquele momento? Ouvindo o "Götterdämmerung", ele pensou estar ouvindo o apelo

---

[179] (cit. Voss/Symposion/2003), p. 21.
[180] (cit. Voss/Symposion/2003), p. 21.
[181] Exemplos são Edward Hanslick e Gottfried Keller, que admiraram Wagner (como aliás o próprio Schopenhauer); não, porém, como músico, senão como poeta (cit. Roch/Symposion/2003), p. 105.

à negação da vida impresso à *peroração* da Valquíria. Sabe-se que tomou conhecimento desses versos em 1872; *e os achou belíssimos!* Chegou mesmo a lamentar que não tivessem sido musicados.[182] Agora, porém, tendo mudado em relação à filosofia de Schopenhauer, Wagner passou a repugná-lo... a ponto de ficar surdo à sua música... O que ele "ouviu" em Bayreuth foi, na verdade, o texto "budista" da *peroração;* e só ele... Não soube ouvir a música *que o negava*... E interpretando o *Anel*, desde aí, baseou-se nesses versos para denegrir a obra do compositor... *como se os tons os vestissem...*

Vendo e ouvindo a interpretação de "O crepúsculo dos deuses", naquele 28 de julho de 1876, Nietzsche sentiu o corpo vibrar, deliciado, à música que o invadia, sem perceber ser a mesma, *dionisíaca*, que o havia arrebatado sempre... ouvindo Wagner. E, pressentindo o êxtase prestes a tomá-lo, recuou, horrorizado... Sem realizar, nos sons que o *ameaçavam*, o chamado do abismo, o mesmo que o levava a dançar na sua própria obra...[183]

---

[182] Em relação à Peroração da Valquíria, Nietzsche escreveu a um amigo na época: "Dói-me profundamente saber que (a peroração) não foi musicada. Embora compreenda também o por quê de ela não ter precisado ser composta no âmbito da tragédia mítico-musical. Um tal poema seria para o santuário da mais privada de todas as devoções particulares" (cit. Hollinracke/1986), p. 86.

[183] É preciso lembrar que o ensaio presente se refere à obra de Wagner só até a concepção do *Anel dos Nibelungos*. Até aí, como vimos, o compositor continuou fiel ao sentimento oceânico-dionisíaco por ele exigido à música; mesmo que *talvez*, nesse último caso, não o tivesse percebido. Para ele, a música deveria agredir todos os sentidos; e, de fato, os indivíduos mais sensíveis que ouviram a música de seus dramas deixaram-se mergulhar, enlouquecidos, no seu redemoinho. Não foram poucos, nem menores os que a festejaram. Safranski enumera, entre eles, não só Baudelaire, "que já tinha vivido o *Tannhäuser* como um pileque de ópio" (cit. Safranski/Romantik/2007), p. 273, senão, também, "Huysman, D'Anunzio, o jovem Thomas Mann, Schnitzler, Hofmannsthal, Mallarmé – fascinados, todos, pelos motivos da morte por amor e do crepúsculo dos deuses, pelo reino do destino soando obscuro

Referências

CAZNÓK, Y.B.; NAFFAH NETO, A. *Ouvir Wagner, Ecos Nietzschianos*. S.Paulo, Musa editora, 2000.

DAHLHAUS, C. *Richard Wagners Musikdramen*, Stuttgart, Reclam, 1996.

Der „Komponist" Richard Wagner im Blick der aktuellen Musikwissenschaft, Symposion, hrsg. von Ulrich Konrad und Egon Voss, Wiesbaden, Breitkopf & Härtel, 2003.

FICHTE, J.G. *Fichtes Werke*, hrsg. von I. H. Fichte. Bd. I, Berlin, Walter Gruyter & Vo., 1971.

GOETHE, J. W. Die Leiden des jungen Werthers, München, dtv Verlag, 1978.

HÖFELE, P.; HÜHN, L. (Hrsg.), *Schopenhauer liest Schelling*, Stuttgart-Bad Cannstatt, frommann-holzboog Verlag, 2021.

HOCKE, G. R. *Maneirismo: o mundo como labirinto*, S. Paulo, ed. Perspectiva, 1974.

HOLLINRAKE, R. *Nietzsche, Wagner e a Filosofia do pessimismo*, Rio de Janeiro, J. Zahar Editor, 1986.

JACOBS, W.G. *Johann Gottlieb Fichte. Eine Biographie*, Berlin, Insel Verlag, 2012.

---

em Eros e Thanatos. A tempestade orquestral e a melodia infinita levavam-nos a afundar nas profundidades da alma e em suas promessas obscuras. Sentiam-se no olho do furacão, no interior dos poderes da forma" (cit. Safranski/Romantik/2007), p. 274. Após isso, porém, o *homem trágico*, que Nietsche tinha visto corporificar-se no gênio de Wagner, deu efetivamente lugar ao homem movido pela *compaixão*, pela "Mitleid" de Schopenhauer, embora o compositor a embrulhasse na máscara do cristianismo. A concretização disso aconteceu no *Parsifal*, escrito após o *Anel* e encenado em Bayreuth, em 1882.

KLEIST, H. v. *Heinrich von Kleist. Werke in einem Band*, hrsg. Helmut Sembdner, München, Carl Hanser Verlag, 1966.

MAIA-FLICKINGER, M. *Considerações sobre a "promessa de felicidade" presente na obra de Schopenhauer e seu misterioso suporte metafísico*; in *Percursos Hermenêuticos e Políticos*, Passo Fundo, UPF Editora, ediPUCRS e EDUCS, 2014, p. 316-333.

NIETZSCHE, F. *Werke,* hrsg. von Karl Schlechta, München-Wien, Karl Hanser Verlag 1996.

NOVALIS, *Fragmente und Studien* (1797-1798), in *Novalis Werke,* herausgegeben und kommentiert von Gerhard Schulz, Studienausgabe, München, Verlag C. H. Beck, 1987.

POTHAST, U. *Die eigentlich metaphysische Tätigkeit: über Schopenhauers Ästhetik und ihre Anwendung durch Samuel Beckett,* Frankfurt am Main, Suhrkamp, 1982.

RILKE, R. M. *Poemas. As Elegias de Duino e Sonetos a Orfeu,* Porto, editorial O Oiro do dia/M.J.Costa & Ca., 1969.

ROUSSEAU, J.J. *Emilio ou da Educação,* ed. Bertrand Brasil, Rio de Janeiro, 1992.

ROUSSEAU, J. J. *La nouvelle Héloise,* Paris, Libraire Larousse, tome II, 1988.

SAFRANSKI, R. *Schopenhauer und die wilden Jahre der Philosophie; eine Biographie*, München, Carl Hanser Verlag, 1978.

SAFRANSKI, R. *Nietzsche. Biografie seines Denkens.* Hamburg, Spiegel-Edition 2006/2007.

SAFRANSKI, R. *Romantik. Eine deutsche Affäre*, München, Carl Hanser Verlag, 2007.

SCHELLING, F.W.J. *Ausgewählte Schriften in 6 Bänden*, Frankfurt am Main, Suhrkamp, 1985.

SCHELLING, F.W.J. *Über das Wesen der menschlichen Freiheit* (1810), mit einem Essay von Walter Schulz, Frankfurt am Main, Suhrkamp Taschenbuch Wissenschaft, 1988.

SCHOPENHAUER, A. *Sämtliche Werke in V Bänden*, hrsg. von W. von Löhneysen, Cotta-Insel Verlag, Frankfurt am Main, 1960.

SCHOPENHAUER, A. *Philosophische Vorlesungen*, hrsg. kommentiert und eingeleitet von Volker Spierling, Piper Verlag, München, 1985.

SPIERLING, V. (Hrsg.) *Materialien zu Schopenhauers >Die Welt als Wille und Vorstellung<*, herg., kommentiert und eingeleitet von Volker Spierling, Suhrkfurt am Main, Suhrkamp Verlag, 1984.

SHAKESPEARE, W. *Obra Completa em 3 volumes*, Biblioteca de Autores Universais, São Paulo, Companhia José Aguilar Editores, 1969.

WACKENRODER, W. und Tieck, L., *Herzensergießungen*, Stuttgart Reclam, 1987.

WACKENRODER, W. und Tieck. L., *Phantasie über die Kunst*, Stuttgart, Reclam, 1983.

WAGNER, R. *Der Ring des Nibelungen*. Ein Bühnenfestspiel für drei Tage und einen Vorabend, hrsg. und kommentiert von E. Voss, Stuttgart, Reclam, Stuttgart, 2017.

WISNIK, J.M. *O Som e o sentido; uma outra história das músicas*, São Paulo, Círculo do Livro/Companhia das Letras, 1998.

YATES, F. A. *A arte da Memória*, Campinas, Ed. da Unicamp, 2007.

A experiência que fez de Schopenhauer um filósofo?[1]

Nesta abordagem da obra de Schopenhauer, não será ao conteúdo de denúncia do absurdo e insensatez do mundo que nos voltaremos. Importa-nos investigar o motivo real da "guinada" feita por seu pensamento em direção a uma concepção de tal modo impiedosa do real. Tão impiedosa, a ponto de acabar de vez com a ideia tradicional de que o "ser" do mundo e o "bem" seriam idênticos; vale dizer, que o ser seria de ordem racional. E isso justamente em um tempo saturado da crença otimista em um Deus racional, dando impulso ao progresso no mundo e na história.

Para entender essa guinada, poderíamos investigar a influência que o Romantismo alemão teve sobre o filósofo. Pois, apesar do otimismo que caracteriza esse movimento, há nele um veio oculto de ceticismo e até mesmo niilismo, que certamente agiu sobre o jovem Arthur, no caminho a sua filosofia. Um caminho no qual ele se comportou como um rebelde, por

---

[1] Este texto foi publicado antes (sob outro título), por ocasião de homenagem, em *Festschrift*, feita ao professor e amigo Luis Carlos Bombassaro. Conf. in *Vínculos Filosóficos*, org. por Altair Favero, Jayme Paviani e Raimundo Rajobac, EDUCS, Caxias do Sul, 2020. Na versão presente, o escrito foi revisto e extensamente retrabalhado. O que me levou ao tema foi a leitura da obra de Rudiger Safranski, sobretudo no seu *Schopenhauer und die wilden Jahre der Philosophie* (ver Bibliografia).

não acreditar, como acreditavam os filósofos idealistas, que o mal existente no mundo fosse a manifestação pervertida ou adoecida de uma raiz essencialmente boa ou divina do existente; passível, portanto, de cura. Sua posição foi sempre oposta a esta. A "coragem civil" que demonstrou não foi de ordem política, era um conservador, senão metafísica. Não dirigida a um mundo cujo aparecer é, para ele, enganador e incurável, senão ao que o sustenta, ao númeno, de onde brota o "pior". Com dezoito anos apenas, à ideia de um Deus ser o autor do mundo ele reage: "Não, antes um Diabo!" (G, p. 131). Só alguém isento do desejo de harmonia característico da filosofia positiva poderia ousar tanto.

Volto a dizer, que não sua "ontologia negativa" (Lütkehaus, p. 41-2) prenderá nossa atenção neste breve exercício de investigação, mas o agente desencadeador do que o levou a ela. Ou, mais precisamente, a nova e perturbadora compreensão de si mesmo, que o empurrou a isso. Tampouco o buscaremos na vertente do niilismo romântico, senão diretamente na vereda pessoal. Schopenhauer pertence àquela estirpe de pensadores que, como Agostinho, Montaigne, Descartes, Rousseau, Herder e Goethe, entre outros, insistiu na importância do *vivido*, no peso iniludível do experimentado em si mesmo, extraindo sua obra não da erudição livresca, senão do manancial da própria existência.

De fato, o seu caminho intelectual foi conturbado, e o primeiro percalço enfrentado deveu-se a sua origem social. Filho único de um abastado comerciante do norte alemão, Arthur estava predestinado a seguir a carreira do pai, à qual recusou no íntimo desde cedo. Seu desejo era fazer o Ginásio e ingressar na Universidade. O segundo percalço, e por certo o mais forte, foi o bloqueio que ele mesmo se impôs após a morte do progenitor, impedindo-se de sacudir as cadeias que o aprisionavam à destinação imposta. A marca mais determinante que lhe ficou da relação com o pai, H. Floris Schopenhauer, nasceu da alternativa a que este o submeteu aos quinze anos de idade. A alternativa era a seguinte: *ou* ingressar imediatamente no melhor Ginásio de Hamburgo, preparando-se para a carreira universitária; *ou*, na companhia dos pais, empreender longa viagem através da Europa, iniciando, após, o período obrigatório de formação para a carreira do comércio. H. Floris foi astuto nessa proposta. Contava justamente com a curiosidade e sede de saber, características do filho, para levá-lo a submeter-se ao seu desejo, traindo o próprio sonho. O jovem decidiu-se pela viagem, obrigando-se, assim, a uma vida que o atava à carreira execrada.

A marca que lhe ficou dessa experiência precoce em relação ao próprio destino, nós a encontramos mais tarde em seus escritos, quando insiste na importância não só de se saber discernir o que realmente se quer, na vida, senão e sobretudo na necessidade de, a partir disso, aprender a renunciar ao próprio desejo. A busca do prazer, momentâneo e fugaz, torna-se, para ele, uma negação de si mesmo e da autonomia pessoal. Ele diria, entre outras coisas, que os homens dificilmente tomam diretamente o caminho que lhes solicita a vontade. Andando em zigue-zague, como crianças no mercado público agarram tudo a que o desejo aponta, sem chegar a coisa alguma; pois "quem quer ser tudo não pode ser nada" (V 1, p. 103).

Ainda assim, embora ambíguo quanto às consequências de sua primeira escolha importante na vida, Arthur estava convicto de não ter cometido erro algum escolhendo a viagem através da Europa. Ninguém, talvez, tanto quanto ele, opôs-se tão drasticamente à mera erudição sem raízes concretas. É do "livro da vida" que o conteúdo do pensamento tem de ser extraído, como se observa já no relatório a ele exigido pelos pais acerca dessa viagem. Percebe-se, neste, o quanto Arthur é precoce na capacidade de ajuizar situações; mas também na tendência de encarar o mundo a partir da miséria, injustiça e sofrimento que o encharcam. Ele vivia, então, por certo, uma crise existencial difícil de resolver, por ter sido forçado a fazer uma escolha de tais consequências, para seu futuro. Sabendo embora ter feito a escolha correta, estava, através dela, condenando-se moralmente a trair a si mesmo.

A inconformidade com isso, ele a manifestou desde o início de seu aprendizado. Tornou-se amargo e agressivo, sendo mais de uma vez admoestado com severidade pelo pai. O que aconteceu naquela fase, e qual exatamente terá sido o papel de H. Floris na situação, nós só podemos adivinhar através de indicação colhida em carta de Johanna Schopenhauer, a mãe de Arthur. Dirigindo-se a este, ela o lembra do quanto teria lutado por ele, contra o marido, no sentido de proporcionar-lhe os estudos. Nós dois, ela escreve, "fomos enganados de um modo cruel" (Lütkehaus, p. 164).

Menos de um ano após essa viagem, adensou-se o dilema moral de Arthur, devido ao adoecimento e suicídio do pai. Ele incrimina-se, então, *não* por sua morte, senão por *não* ter reagido positivamente ao seu desejo; e segue, por isso, no caminho da carreira não eleita por ele. Mais difícil ainda foi, contudo, a relação que Arthur teve com a mãe. O papel desta em sua vida foi bem mais complexo e determinante que o do progenitor.

Johanna Schopenhauer.

Johanna era uma mulher incomum para a época. O fato de ela se casar por conveniência com um homem importante e dezessete anos mais velho que ela deve ter sido então normal. Rico, bem formado e orgulhoso de si, mas dono de um temperamento dominador, seu marido era um homem sanguíneo e ciumento. Em Danzig, Johanna renunciou, sem dúvida, a muito nos primeiros anos de convívio com ele, onde o filho era sua única distração. Só ao mudarem daí para Hamburgo conseguiu mostrar suas qualidades e encontrar o próprio espaço no cenário literário e artístico da cidade. A educação dos filhos (Arthur tinha uma irmã nove anos mais jovem) foi deixada aos cuidados das amas; um hábito corrente na classe social a que a família pertencia. Consciente de si e do que era capaz, não é de estranhar que Johanna tomasse nas mãos a própria vida, após a morte do esposo. Não hesitou em liquidar a casa comercial da família, indo morar (com a filha, Adele) na cidade de Goethe, onde ligeiro o conquistou e à sociedade de Weimar. O "salão" que aí fundou foi um dos mais frequentados e melhores, à época; vindo a escrever, tornou-se, por anos, uma das autoras mais lidas na Alemanha.

Arthur, por seu lado, desenvolveu-se avesso aos hábitos sociais cultivados pela mãe, e, estando próximo, a incomodaria com toda sorte de agravos, tais como àqueles que a cercavam. Verdade é que, ao que parece, Johanna nunca lhe teve amor. Fez dele, primeiro, o seu brinquedo, sua distração, entregando-o, a seguir, à tutela das amas. Bem cedo, e sabe-se que até o desespero, ele viveu a angústia de ser abandonado pelos pais (HN 4, II, p. 121). Confessaria ter sofrido muito com a rigidez do pai (idem, p. 131), e o carinho da mãe decerto lhe fez falta; mas calou a respeito. Seu afeto por ambos deve ter sido grande. Identificava-se à mãe na sensibilidade e no gosto pela literatura e as artes; mais tarde, generalizando, diria que se herda à mãe a inteligência, ao pai o caráter.

Arthur Schopenhauer.

Ao contrário de Johanna, que se sacode do passado, aliviada, após a morte do marido, Arthur fica colado ao "mundo do pai" (Saf., p. 107). Mesmo após encerrados os negócios da família, ele decide dar continuidade à formação desejada por este.

Sozinho, em Hamburgo, segue trabalhando no escritório de Jenisch, um grande comerciante e seu tutor, lendo, então, às ocultas, as obras dos Românticos, e entregando-se a excessos sexuais. Ele o faz na companhia de amigo de infância (Anthime), e gasta muito com pequenas atrizes e cantoras de coro, ou, em último caso, recorrendo "aos abraços de prostituta industriosa" (Saf. cit., p. 106). Tais estroinices são comuns, na cidade, entre os jovens de sua classe social. Só que, enquanto seu amigo vive isso sem danos maiores, Arthur enoja-se consigo mesmo, e se recrimina por não conseguir resistir aos próprios desejos. Ele e Anthime chegam a entrar em conflito por isso.

Essa atitude se explica, talvez, pelo fato de Arthur, então com dezessete anos, não ter podido experimentar a confiança básica que o amor dos pais, em especial o da mãe, lhe teria podido oferecer. Confrontado com a própria sexualidade, ele a viveu como um rebaixamento, uma perda de si e de sua autonomia. Em suas anotações da época, interpreta a própria volúpia como um poder infernal, que o arrasta do alto em direção ao "pó da terra" (HN 1, 1). Seus impulsos sexuais, que foram fortes, ele os viverá, a partir daí, como uma escravidão ao que nele existe de pior. Incapaz de confiar nos próprios sentimentos, jamais se entregará a outra pessoa, em especial tratando-se das mulheres. Estranhando-se, assim, dos ditames do corpo, amor e sexo ficarão nele para sempre inconciliáveis.

Em Hamburgo, a letargia o consome. Passa a escrever à mãe cartas cheias de queixas e lamentos. Ela lhe vem ao encontro, quer auxiliá-lo; seus amigos dispõem-se a ajudá-lo, e Johanna insiste em mostrar-lhe possível, ainda, realizar seu sonho de estudar. Em carta, incita-o a se decidir, a *não* trair a si mesmo: "Eu te imploro com lágrimas nos olhos, por favor, não te engana a ti mesmo, age de modo sério e honesto para contigo, trata-se do bem de tua vida. Eu sei o que significa viver uma vida que contraria o nosso interior e quero, se isso for possível, poupar-te essa miséria" (Lütkehaus, p. 168).

À sua, ela acrescenta a carta de um íntimo amigo, Fernow, conhecedor e crítico de arte respeitado, que anima Arthur a ingressar no Ginásio. Já no dia seguinte, ele dirá adeus ao seu tutor na casa de comércio; muito mais tarde, confessaria ter lido a carta aos prantos (GB, p. 651). Ainda mais interessante que esta, porém, é outra carta, anterior, que a mãe lhe havia escrito quando deixou Hamburgo. Nela, Johanna *não* o trata como a um filho, senão como homem. Fala ao amigo que, tendo-se ido há pouco, deixava nela a lembrança da "noite muito alegre" que passaram juntos. A carta se inicia com a menção ao perfume de seu "Zigarro", que pairava no ar, quando ele foi embora. Lamentando decepcioná-lo por fugir a uma despedida formal – ela já havia "encomendado os cavalos para as 6h30", na próxima manhã –, Johanna finaliza: "faço-o por mim mesma" (Lütkehaus, p. 74).

Não, portanto, por ele, pelo filho, como seria de esperar. Dirigindo-se ao homem no filho, ela podia ser sincera, ser ela mesma. É evidente, na carta, a qualidade incomum de sua relação para com o filho de dezessete anos. Johanna permite-se, *ousa* ser mulher frente a ele, sacudindo de si a figura convencional de mãe. Dá-lhe o papel de adulto, e espera dele, obviamente, uma reação adulta. Deve sentir que Arthur poderia repetir o pai, tentar impedi-la de ser ela mesma; mas acredita em sua inteligência e empurra-o a tomar decisão que o levaria para perto dela. Talvez, ao formular o apelo de que se mantivesse fiel a si mesmo, Johanna pensasse que o filho a respeitaria tanto quanto ela mesma o estava respeitando. Uma atitude admirável, embora não seja difícil imaginar a dificuldade de Arthur em lidar com *essa* figura de mãe. Por ela não o ter amado, quem sabe? Seja como for, ele não conseguiu vencer-se, recusou o papel que ela lhe oferecia. Ser adulto para a mãe teria sido, talvez, possível; não, porém, de modo algum, para a mulher na mãe...

Os dois anos seguintes, durante os quais Arthur completa o Ginásio (Gotha, 1807-9) e ingressa na Universidade (Göttingen, 1809-11), confirmam os temores de Johanna em relação a ele. Os diversos períodos em que o filho mora em sua casa vêm crivados de desentendimentos. E sempre porque Arthur procura lhe determinar a vida, o dedo em riste, rude até a descortesia para com ela e seu ambiente. Johanna defende-se como pode. Até, por fim, decidir que ele deverá morar fora, obedecendo a horários e dias para visitá-la. Embora isso, a relação entre ambos persiste. Ela o ajuda através dos amigos, os dois fazem até curtas viagens juntos. Concluído o ginásio, Arthur ingressa na Universidade, para cursar medicina, transferindo-se, após, para a filosofia. Continua, porém, a frequentar bem mais os cursos científicos que os filosóficos. Seu interesse pelas ciências nunca irá arrefecer. Ele lerá todas as obras existentes nesse domínio, o que era ainda possível. Cientistas de renome reconheceriam nele um dos grandes conhecedores do cérebro do séc. XIX.

Em 1811, antes de concluir os estudos, Arthur transfere-se para a Universidade de Berlim. Quer assistir às aulas de Fichte e Schleiermacher. Sua decepção com a filosofia do primeiro está bem documentada nas anotações de então; mas o que nelas nos importa, agora, é o interesse crescente que ele voltará, a partir daí, ao *fenômeno da loucura*. O tema é abordado por Fichte, em um de seus seminários. Arthur o acompanha com grande interesse, mas discorda do filósofo na interpretação que este oferece do fenômeno. Se Fichte vê na loucura uma "doença do espírito", encarando o louco como um ser "animalesco", Arthur a compreende *não enquanto uma perturbação do espírito ou do entendimento*, senão como um "transtorno" das condições do conhecimento da experiência. Ao contrário de Fichte, que animaliza o louco, Arthur chega a nele encontrar parentesco com o gênio. O homem normal, ele diz, seria no máximo comparável a um "cão inteligente" (HN 4, II, p. 18s.). Hoje sabemos que, nos dois anos e meio que esteve em Berlim, ele teve contato próximo e assíduo com os "doentes mentais" da *"Seção Melancólica"* da *Charité,* o seu setor psiquiátrico. Chegou mesmo a tratar de "pacientes" nesta instituição: três, pelo menos. O método de tratamento de que se utilizava – e ele parece ter sido o primeiro a fazê-lo – dava-se mediante "compreensão empática". Nesse método, o acesso ao doente faz-se por "simpatia" para com seu sofrimento (Z, p. 25); acesso, que, como se sabe, seria inaceitável para Freud e os analistas de sua escola.

Foi nesse período que Arthur realizou seus estudos teóricos e práticos acerca do "magnetismo animal". O fenômeno estava em moda entre os intelectuais da época, a ponto de existir cadeira sobre a matéria na Universidade, frequentada igualmente por ele. Bastante conhecida, ao tempo, era a *"Clínica para os pobres"*, dirigida em Berlim pelo médico e professor Christian Wolfart, discípulo de Mesmer. O próprio Fichte frequentava essa *Clínica,* além de outros nomes importantes do período. A hipnose era, de fato, aplicada tanto no tratamento de doentes mentais quanto na investigação de certos fenômenos ditos paranormais (premonição, comunicação à distância, etc.).

O assunto era, contudo, polêmico, de modo que só bem mais tarde, em 1836, Schopenhauer escreveria que, "ao menos do ponto de vista filosófico", tais fenômenos seriam "os sem comparação mais importantes entre todos os fatos que nossa experiência nos oferece". E acrescentava que seria "obrigação" de cada erudito buscar conhecê-los. Ele mesmo encontraria nesses fenômenos (incluindo-se o sonambulismo, as visões sobrenaturais e de espíritos, etc.) uma prova de sua metafísica da Vontade. O "magnetismo animal", ele o descreveria como "fenômeno fundamental" de uma "metafísica prática" ou "experimental", já que, estando nele suspensas as leis da natureza, a metafísica penetraria "misteriosamente" na empiria tornando possível o que, "a priori", é afirmado impossível. O filósofo acreditava, ademais, que, um dia, a filosofia, as ciências avançadas e o magnetismo animal poderiam lançar luz uns sobre os outros, levando a verdades que, "fora desse contexto, não se deveria esperar alcançar". Alertava, porém, a que não se deveria confundir o "magnetismo animal" com o que *dizem* os sonâmbulos; estes repetiriam o que brota de seus próprios preconceitos, misturado ao que estariam extraindo à cabeça do magnetizador (P I, 1, p. 292).

Seja lá como for, se é possível dizer que o interesse de Arthur pela loucura tinha forte cunho existencial – já que alguns membros da família de seu pai, e mesmo este, tinham apresentado "leves ou graves perturbações psíquicas" (Z, p. 39) –, pode-se, contudo, afirmar que seu interesse era essencialmente científico. O que o levou a investigar de perto tais "anomalias" foi de ordem filosófica. E ele, de fato, integrou os resultados dessas investigações em sua futura metafísica da Vontade inconsciente, antecipando Freud em suas conclusões.

No início de 1813, ao concluir seus estudos, Arthur teria permanecido em Berlim; mas Napoleão estava às portas da cidade, e a Prússia acabava de lhe declarar guerra. Um grande entusiasmo patriótico tomava os berlinenses. Fichte, ele mesmo, desfilava pelas ruas armado de uma espada maior que ele, incitando os compatriotas à luta. Esse não era o estilo do jovem formando. Nada que o interessasse menos que a guerra, que ele trataria como um dos maiores e mais estúpidos males que assolam a existência. Decidiu-se, por isso, a mudar para Rudolstadt, localidade idílica não longe de Weimar, a fim de redigir sua tese de doutorado. Passando em Weimar, visitou a mãe, mas partiu em seguida. Desagradou-lhe o fato de Johanna ter um novo amigo, pouco mais velho que ele mesmo. Em Rudolstadt, recolhido em modesta pensão, ele escreve em apenas três meses sua "Dissertação": "Sobre a quádrupla raiz do princípio de razão suficiente". Um título indigesto, sobre tema que *não* o apaixona, absolutamente. Esse seu acesso inicial à filosofia não difere daquele dos filósofos idealistas; ele se move no nível da consciência transcendental, para aí plantar sua teoria do conhecimento.

Arthur está confiante em si ao escrever sua tese. Tal como os donos das cátedras filosóficas alemãs, no período, ele retoma Kant, para contestá-lo; opõe-se, porém, aos primeiros, no ponto mais crucial de sua recusa do filósofo. Enquanto aqueles acreditam ter ultrapassado Kant, dando outra vez ao espírito o poder de, conhecendo-se a si mesmo conceber o Todo, Arthur fica fiel ao mestre justamente na afirmação de que o "sujeito do conhecimento" não pode, de maneira alguma, conhecer a si mesmo. Ele bem sabe que está contrariando o espírito da época, mas não entra em polêmica com seus opositores. Não gesticula, não faz alarde do *novo*, que pesa no seu texto. Não busca o confronto. Sua linguagem é sóbria, medida, o tom frio. Enumera com soberania todas as diferenças de sua própria teoria em relação à epistemologia de Kant; a exceção é aquela afirmação capital referente ao sujeito cognitivo. *Em um primeiro passo*, ele empreende uma importante "simplificação" do filósofo. De todas as engrenagens cognitivas, é preservado um só princípio, o de "razão suficiente"; logo, de todas as categorias, a da "causalidade", apenas, embora ele não a compreenda mais como tal. Para qualquer representação que nos chegue à consciência, ele argumenta, perguntamo-nos sempre por uma sua *causa* – o que se expressa no "princípio de razão suficiente". Como mostrava Kant, não é o mundo exterior que nos leva a ela. É nossa própria capacidade de percepção e conhecimento que nos induz a isso. Sendo assim, sempre que algo penetra em nossa consciência, encontra-se já contextualizado ou emaranhado na rede das causas. No palco da "consciência empírica" nada existe em separado para nossa percepção, isto é, cindido dessa cadeia causal (Diss. §20, p. 49ss).

Mostrado isso, e após analisar, a partir dessa raiz causal comum, as quatro classes de objetos de representação possíveis ao entendimento, Arthur faz *o segundo passo* e o mais original de sua epistemologia. Um passo em que "radicaliza" Kant de modo extraordinário, diferenciando-se, assim, de toda a tradição filosófica anterior. Aqui, *não é mais* a razão reflexiva, *a consciência,* que aplica o "princípio de razão suficiente", *senão uma instância pré-consciente e puramente fisiológica no sujeito cognitivo.* Perguntando-se pela instância que realiza essa atividade elementar pré-consciente, a resposta do doutorando é surpreendente: trata-se do "entendimento" (Diss. §21, p. 67ss.) Ao interpretarmos os dados das sensações em nosso corpo, enquanto "efeito" de uma "causa" que fica fora de nós, é o entendimento que, à base de meros dados das sensações, age aí de modo imediato e intuitivo sem auxílio da reflexão" (Diss. §21, p. 85). Esse passo é, pois, *inconsciente;* mas acontece sempre, porque compete ao entendimento "criar o mundo objetivo" (Diss. §21, p. 68; conf.in Saf. 2º Livro, cap. 11).

Aí está o *novo*, a originalidade maior do filósofo em relação à tradição. Com esse ousado deslocamento do entendimento para o nível fisiológico das percepções sensíveis, *a sensibilidade cessa de oferecer seu tecido aos ditames da razão*. Pelo contrário, é ela, a razão, que passa a receber as "representações": estas lhe vêm já prontas, a partir da *sensibilidade* ou do *nível inconsciente* à sua base (Diss. §21, p. 85-6). Uma inversão, sem dúvida, inaudita na hierarquia tradicional das capacidades cognitivas. A partir daí, o mundo torna-se, para nós, "efetivo" ou "real" *não* mediante os conceitos, senão mediante uma *faculdade animal pré-consciente*. Animal, sim, porque o entendimento opera também nos bichos, na medida em que, mesmo o mais imperfeito deles, reconhece objetos (Diss. §21, p. 92-3).

Para alguém pouco atento, isso poderia soar como um rebaixamento do intelecto; mas não, pelo contrário, este torna-se o agente configurador do mundo em seu aparecer. Quem se vê *rebaixada em seu papel* é, de fato, *a razão*. Como diz Safranski, a ela cabe agora "soletrar o alfabeto que a sensata intuição lhe entrega" (Saf., p. 237); tarefa não mais que combinatória ou compositiva como que a fazer abreviaturas sobre ao tecido real; e esse "tecido" são as "representações de objetos", que os sentidos lhe oferecem. Nesta filosofia, é preciso insistir, o conhecimento *real* acontece no nível da "consciência empírica", e só aí. Os conceitos nada mais são que "representações de representações" (Diss. §26, p. 114).

Uma tão grande inovação, *se* percebida, à época, poderia ter tido efeito abalador – *se*, é claro, se houvesse dado crédito ao doutorando; o que dificilmente ocorreria. Mas seja, Arthur "desmistifica" o papel da razão no mundo. Ela deixa de ser uma capacidade superior, quase "divina", capaz de verdades transcendentes, como o queriam os filósofos idealistas. Fica bem clara, na *Dissertação*, é Safranski quem diz, uma "guinada de quebrar o pescoço" no acesso ao conhecimento do mundo. Arthur, porém, resguarda-se; deixa a novidade em suspenso, sem buscar salientá-la no texto. Quer manter-se encoberto? Teme desafiar de modo explícito seus poderosos oponentes? Seu desafio, seus ataques virão, sim, mais tarde, dirigidos a Fichte, Schelling e Hegel. Não nesta primeira versão do texto. Só então, enquanto observador à margem da cena intelectual, ele se porá a gesticular, buscando ser ouvido nas suas novas edições, como hoje as conhecemos (conf. Saf., p. 237ss.).

Se é, contudo, verdade que o conteúdo da *Dissertação* não mexe com Arthur, que o deixa frio, o que o levou a escrevê-la? Uma resposta a isso, nós a encontramos nos seus *Manuscritos (ver Bibliografia)*. Publicados na metade do século passado, eles contêm estudos e anotações preparatórias de sua obra, entre outros. Neles, seu pensamento encontra-se em estado existencial nascituro, não burilado, não construído, amansado; vem marcado da angústia e do elã da procura, da luta e da resistência em relação ao mundo falsificado da "consciência empírica". A esta Arthur experimenta como prisão, como "insensatez existencial", já que, na existência real, ela nada tem a dizer (Saf., p. 298). Em suas engrenagens mecânicas, expostas com precisão pelo doutorando, não há passagem para o que mais importa: a metafísica. E é isso que ele, como os demais filósofos do período, não pode aceitar.

Por que, então, decidiu escrever sua tese justamente sobre o que impede o avanço da consciência ao que se encontra *aquém* da representação, do objeto, da causalidade etc.? Ele deve ter compreendido que só assim poderia avaliar e medir o terreno em que o bloqueio acontece. Examinando de perto os limites da "consciência empírica", palco bem-comportado, em que o mundo se forja nos sentidos e mediante o intelecto, Arthur parece tatear como que adivinhando "algo" que escapa à precisão construtiva daquele. Ao descobrir que, nas forjas da "consciência empírica", o entendimento não passa de uma instância animal pré-consciente, uma instância puramente fisiológica no sujeito cognitivo, ele põe-se a inquirir a concretude material do mundo-objeto, farejando em seu lodo um estrato intratável para a consciência (Diss. §21, p. 92-3, conf. Saf., p. 244).

Essa suspeita não é trabalhada na *Dissertação*. Vimos o quanto o doutorando evitou chamar a atenção para o *novo* que ela continha, temendo a reação dos filósofos adversários. Não aí, portanto, senão nos *Manuscritos* do período ele derrama a angústia que o tomou ao pressentimento de *algo* intratável no palco da "consciência empírica". *Algo*, que, embora lhe escapando ao exame, não deixa de acenar, ameaçador, por trás de suas cortinas; nas quais se abrem "rasgões" como se um cortinado se abrisse, de repente, em sala escura (HN 1, p. 73). Enfim, se Arthur mantém-se frio, indiferente e desapaixonado ao escrever sua tese, admite, em suas anotações pessoais, o "vislumbre" arrepiante do "vazio", da "nulidade" essencial do existente a agitar-se nas brechas (idem) desse palco. Fala o "deserto" que lhe invade a consciência, sempre que recolhidas as "cortinas" de distrações e cuidados que a protegem da "nulidade" essencial e originária da vida. Até aí, são vislumbres apenas. O *acesso* ao que acena por trás do reposteiro, ele não o encontrou; ainda não.

Sabemos que, ao encerrar o texto da *Dissertação*, Arthur ainda não tinha descoberto o que a seguir nomeou "a porta estreita", que o levou a sua metafísica (W II, 1, cap. 18, p. 229). Surpreende e intriga, em vista disso, que, menos de um ano após sua publicação, ele tivesse já pronto um esboço do *Mundo como Vontade e Representação*, obra que se inicia justamente com a descoberta de que o "Eu" é, simultaneamente, a "coisa em si". Nesse curto *Intermezzo*, portanto, entre a *Dissertação* e o *Mundo*, ele viveu o instante decisivo em que se abriu para ele a "passagem subterrânea", a "ligação secreta", o "caminho por dentro", que o levou à "cidadela" do "noumeno". Até aí, ele escreve, nas tentativas de alcançá-lo "a partir de fora", esse acesso tinha-lhe ficado oculto (W II, 1, cap. 18, p. 228).

O que aconteceu com ele? Como encontrou a "porta" à cidadela até aí indevassável? Ele é bastante claro quanto a que essa descoberta o tomou de "um golpe" e "à traição" (idem). O "meio" em que o conhecimento da verdade reverbera, "inadequado" para a consciência, é, segundo ele, uma "intuição imediata", ainda velada na "máscara" do tempo. Uma intuição que acontece no "corpo" e a "posteriori" (W II, 1, cap. 18, p. 230). Eis outra novidade em sua filosofia. O que torna possível essa intuição é o corpo. Este é agora o "lugar" da verdade. Se o investigador fosse uma mera "cabeça de anjo com asas, sem corpo", ele escreve, jamais encontraria a passagem que leva à "coisa em si" (W I, 1, §18, p. 142).

Com isso, afundamos o pé na metafísica de Schopenhauer. Ao longo de toda sua obra, ele retomará o instante em que a tal "porta" se abriu, levando-o à cidadela do númeno; mas jamais falará acerca de *como* aí chegou, melhor dizer, do que o catapultou a esse limiar. E, se lhe perguntassem, ele decerto ficaria irritado. Sabia bem que os traços de uma biografia remetem, em geral, à mera superfície de uma vida, à crosta, à "matéria estranha" à obra do biografado (HN 4, II, p. 109). Schopenhauer recusou, de fato, toda proposta quanto a um tal projeto biográfico. Mesmo assim, tentarei extrair do que ele escreveu, mas também de sua vida pessoal, segundo testemunhos, o que ele *se negou a dizer*, confessar, na autoanálise impiedosa que deixou de si. Se desrespeito o seu silêncio, o recato, o pudor particular e íntimo que o leva à recusa de falar a respeito, faço-o por entender que o que o empurrou à sua filosofia é de ordem também filosófica. E o é não só quando o filósofo reconhece ter topado com uma verdade em si indizível, que embora se mostrando ainda se mascara, senão porque o "demasiado humano" dessa vivência aponta a uma densidade existencial de cunho arquetípico, que, tendo gestado o filósofo em Arthur, faz parte de seu pensamento. Tentarei detectar, por isso, a radiação restada desse *acontecimento fóssil* na sua existência, tanto em suas próprias anotações quanto em cartas e outros testemunhos existentes.

Em 1813, após publicada sua *Dissertação* e tendo no bolso o título de "dr." pela Universidade de Jena, Arthur viaja até Weimar, levando na mala alguns exemplares. Quer partilhar com a mãe o acontecimento inaugural de sua carreira; para, aliás, festejar também com ela o seu (dela) primeiro sucesso literário. O reencontro é terrível, um desastre com danos totais. O novo amigo de Johanna, espécie de galã assediado pelas mulheres, está próximo ao dito "filisteu" dos Românticos, apelidado por Arthur: o "bípede" (HN 4, II, p. 122) ou "mercadoria de fábrica da natureza" (W I, 1, §36, p. 242). A antipatia entre os dois é imediata. As personagens envolvidas, sem exceção, comportam-se de modo insensato e descortês até a grosseria. As cenas vão num crescendo que beira à tragédia, embora o drama venha a resolver-se na habitual tragicomédia humana. Basta dizer que o aplauso desejado por Arthur à sua tese veio, da parte de Johanna, no sarcasmo de que o escrito seria "algo para farmacêuticos" (G, p. 17). E isso, embora Goethe, amigo e frequentador assíduo em seu salão, encontrasse no texto do filho afinidade com seu próprio modo de pensar.

O conflito durou meses, e seu último ato deve ter sido aterrador. Não se conhece toda extensão do acontecido. Sabe-se que Arthur perdeu o controle, acusando a mãe pela morte do marido, seu pai. Lançou também a suspeita de que ela se estaria apropriando de sua (dele) herança – o que poderia ter fundamento, já que, depois, ela faria uso de parte significativa da herança da filha. Na manhã seguinte, ainda fora de si e abandonando a própria casa, Johanna deixava ao filho uma carta, dizendo nada mais ter a ver com ele. Pedia-lhe que fosse embora e não mais lhe escrevesse. Dias depois, Arthur deixaria a cidade e a mãe, *para sempre*. Na parca correspondência trocada, após, tratariam apenas de questões econômicas. Johanna o deserdaria em benefício da irmã.

Nas anotações que fez ao longo daquele último período de convivência entre ele e a mãe, sente-se a luta que Arthur travou consigo mesmo, para domar seus impulsos. "Toma nota, alma querida, de uma vez por todas", ele escreve, "e seja prudente. As pessoas são subjetivas; nada mais que subjetivas... E não te exclui a ti mesmo, de maneira alguma: investiga o teu amor, a tua amizade, observa se os teus juízos objetivos não são em grande parte disfarçadamente subjetivos... trata de ver se reconheces devidamente os méritos de uma pessoa que não te ama, etc. – e seja, então, tolerante; é tua maldita obrigação" (HN 1, p. 70-1). Sua análise se aprofunda, ele se incita a ser cortês, a evitar preconceitos, reconhecer a própria fraqueza. Suas avaliações psicológicas são perfeitas, mas não atingem o cerne de seu desejo; todos os bons propósitos dissolvem-se na situação real.

Temos um só testemunho do estado interior em que Arthur se encontra após o desenlace. Em Dresden, para onde se deslocou após a ruptura, Arthur travou relação com Johann Quandt, um profundo conhecedor de arte, que frequentava a casa de Johanna. Quandt relata ter ouvido de Arthur referências frequentes, incontroladas e grosseiras à mãe e à irmã, sem que, no entanto, conseguisse esconder as próprias feridas. "Creio ter percebido", ele observa, "ao fundo de seu coração, as contrações de uma dor horrenda, que pareciam acompanhar a lembrança de época terrível de sua vida. Por mais obscuras que fossem suas comunicações acerca disso, eu via, ainda assim, muito claro, a partir delas, que um respeito, sim, até mesmo uma afeição para com sua mãe transpareciam por toda parte, sentimentos esses dos quais ele jamais se tornou perfeitamente consciente..." (Saf., cit., p. 295). Para agravar o desespero do filho, Johanna ajuntara, na carta de ruptura, uma maldição disfarçada. "Eu não te amaldiçoo", ela escreve; e acrescenta: "mas o sentimento com que de ti me separo não te pode trazer bênçãos" (Lütkehaus, p. 221). *Se* Arthur respondeu à carta, não há de ter poupado a mãe, fazendo-a encarar a própria falsidade. Adele destruiu quase todas as cartas do irmão que tinha em seu poder; só salvou as da mãe e as suas próprias.

Chegado a Dresden e aí estabelecido, o jovem filósofo escreve um texto em resposta à *Teoria das Cores*, de Goethe. Embora em muitos pontos os dois discordassem, ambos demonstrarão apreço um pelo outro, até a morte. Feito isso, Arthur se põe a redigir o seu "Mundo", obra da qual já em Berlim, ao concluir seus estudos, ele se havia declarado "grávido" (HN 1, p. 55). Volto a dizer que, entre a *Dissertação* e o *Mundo,* não transcorreu sequer um ano. Nos *Manuscritos* de 1814 – ano da ruptura com Johanna –, sua angústia é palpável. Sente-se "colado à leiva da terra", incapaz de elevar-se acima do que o atormenta. E se pergunta: "como filosofar, assim?" (HN 1, p. 92). Para concluir, que a "experiência da dor, do sofrimento e do fracasso" é absolutamente imprescindível à gênese de uma "consciência melhor" (HN 1, p. 87-8) – capaz de provocar e preservar o que o homem tem de "melhor".

Mas o que é esse "melhor"? Em que situação se manifesta, na existência? Tendo em vista os males do mundo, ele escreve, o "anúncio do melhor" (HN 1, p. 167) abre-se na capacidade humana de, dentro do mais exacerbado sofrimento, da maior tortura espiritual, "enfrentar" a dor e "ultrapassá-la", "vencendo-a" em si mesmo. E conclui ser dessa ultrapassagem do "pior" em si mesmo que nasce para o sujeito um "outro" tipo de conhecimento que o empírico: conhecimento "sublime" e "trágico", porque ultrapassa o objeto singular torturante, estendendo-se à vida no seu todo. "Trágico" é, para ele, agora, o conhecimento que se apoia na "coragem" de enfrentar a verdade acerca de si e do mundo, por mais aterradora que possa ser. A "força de ânimo" que enseja essa "coragem", ele escreve, só pode brotar de uma consciência "outra" e "melhor" que a natural, empírica, amarrada ao mundo fenomênico (HN 1, p. 88). Tal "consciência melhor", caracterizada como inteiramente "independente" do desejo, da cobiça e dos anseios naturais insaciáveis, daria ao indivíduo a força não só de vencer os males pessoais, senão ainda de transpor seu peso "à vida no seu todo", enquanto símbolo da mesma (HN 1, p. 170-1).

Tendo essas reflexões em mente, é importante registrar o teor de uma carta que Arthur escreveu, também de Dresden, para Goethe, em 11 de novembro de 1815. Ele aí lança mão das anotações feitas antes, em Weimar, e observa que "não o pensamento" faz o filósofo, senão a "coragem de não guardar no coração pergunta alguma" (HN 1, p. 126). Para ilustrá-lo, ele aponta ao "Édipo de Sófocles", como exemplo a imitar dessa "coragem". Na sequência, buscando esclarecer o "destino medonho" do rei, ele escreve, que Édipo teria perseguido "sem descanso" o seu propósito investigatório, embora adivinhando "que das respostas" resultaria para ele "o mais horrendo". E conclui que, como Édipo, tampouco o filósofo deveria ceder *à Jocasta que "carrega em si"* – *a qual tenta impedi-lo em sua investigação* (GB, p. 18).

Uma carta surpreendente! Arthur faz de Édipo o modelo por excelência da "coragem" que define o filósofo, reconhecendo em si o personagem de Sófocles; e admite que sua filosofia nasce da "mesma" necessidade investigatória, da "mesma" honestidade com que o rei ousa encarar a verdade sobre si mesmo, por mais funesta que seja. Referindo-se, adiante, às dores que lhe custaram a execução de seu projeto filosófico, compara o seu próprio espírito a um juiz implacável, que age para com ele como o algoz diante do prisioneiro na câmara de tortura; um algoz que o interroga e leva a responder "até que nada mais reste a perguntar" (idem). Revelador é sobretudo o fato de ele referir-se à *Jocasta* que o filósofo "carrega em si" como o *estorvo* maior ao esclarecimento. Ao que parece, também ele – como Édipo –, lutando pelo reconhecimento da mãe, deixou-se primeiro arrastar pelo desejo, conseguindo depois enfrentar com "coragem" a investigação que o levaria à revelação do *pior*. A algo tão assustador, que ele só não enlouqueceu por ter sabido enfrentá-lo com o mesmo destemor de Édipo. A saber, com o "melhor" em si mesmo, com o que pode levar o sujeito à beira da ruína *a parir o filósofo em si*.

Não se encontra, na carta, qualquer referência ao fato de Édipo ter perfurado os próprios olhos. Também isso, porém, poderia ser integrado à tragédia que gera o filósofo. Pois fechar deliberadamente os olhos para o mundo fenomênico aponta à vitória de um *ver interior*, que, denunciando a prisão da consciência à empiria, cospe de si, repugnado, o "pior". Também na indicação da "tortura" a que se submeteu, para realizar sua filosofia, Arthur parece-nos estar antecipando Freud na sua autoanálise...

No último registro feito nos Manuscritos, àquela época, pouco antes da referência à misteriosa transposição do conhecimento da vontade pessoal para a vida no seu todo, ele escreve: "Nas alturas há de ser solitário, por certo" (HN 1, p. 169). O que se expressa nesse sentimento de abandono do "eu" frente ao horror que se lhe escava ao fundo, é o que Arthur sempre sentiu, de modo vago, desde a extrema juventude, e irá imprimir o cunho existencial à sua filosofia. Não há solipsismo nessa solidão; ela não é mais pessoal – é metafísica. O "eu filosófico" é aquele que transpõe para o todo o conhecimento aterrador alcançado no cubículo do corpo.

Como fazê-lo, porém? Para isso, ele parte do que se apresenta ao sujeito do modo mais familiar e íntimo, mais perfeitamente conhecido, para chegar ao mais distante, mediato, unilateral e imperfeito (HN 1, p. 366, e W I, 1, §24, p. 172-3). Tendo como centro de referência a vontade pessoal – esse primeiro "significado" apanhado na vivência interior de seu corpo –, passa a buscá-la *lá fora*, nas coisas, como a um *eco, auscultando,* no entorno, os seres singulares até aí estranhos. Aos poucos, os fenômenos que lhe deslizavam à frente, sem conteúdo ou sentido, vazios como "fantasmas", ganham "significado", "dirigem-se" a ele, fazendo-se imediatamente "compreender". Mais ainda, vão pondo à mostra o "interesse" subterrâneo que mora neles, de todo alheio à reflexão. É esse interesse, ele agora o percebe, que vem "mexer" com ele, "exigindo-o" até a raiz de seu ser (W I, 1, §17, p. 137 e §23, p. 165). Desde aí, será esse auscultar dentro das coisas, o nelas descobrir esse "interesse" e a "solicitação" que o alcançam/agitam – avessos a tudo que até aí se julgou filosoficamente aceitável – que irá marcar o educador em Schopenhauer.

Exemplo dessa singular postura educativa, nós o encontramos em texto do período em que o filósofo exerceu sua livre-docência, na Universidade de Berlim. O ano é 1820, e o tema das aulas é o seguinte: "O ser em si de cada coisa no mundo, e o núcleo exclusivo de cada fenômeno". Eis como soa uma passagem do que ele leu, então, para os alunos:

> Eu o provei, no tanto que isso se deixa provar: eu os guiei em graus, de um fenômeno ao outro, sempre para baixo, pondo-lhes sempre à frente, enquanto chave para tudo, o conhecimento imediato que vocês tem de sua própria essência. Mais além, não consigo demonstrá-lo a vocês. São vocês que precisam atingi-lo imediatamente...; aqui, não são comprovadas meras relações entre representações, mas tem de acontecer a passagem da representação para o que não é representação, senão ser em si, e a relação entre ambas compreendida a partir do mais imediato autoconhecimento. O conhecimento imediato do ser interior do fenômeno, que é dado a vocês mediante sua própria existência, vocês têm de transpô-lo aos seres de vocês conhecidos de modo apenas mediato. Essa compreensão é a *verdade filosófica*. Eu só posso apontá-la a vocês, apresentando-a tão próxima e clara quanto possível; mas a passagem da representação à coisa em si, são vocês mesmos, por fim, que precisam fazê-la: reconhecer de novo, no plural e diverso, o uno e o mesmo, o mais intimamente confiado a vocês. Palavras e conceitos serão sempre secos, pois isso está em sua natureza. Seria uma esperança tola desejarmos que as palavras e o pensamento abstrato se tornassem e realizassem isso que era e realizava a vívida intuição, a qual gesta o pensamento. Essa vívida intuição", ele prossegue, "é o único conhecimento verdadeiro; dela, os pensamentos em conceitos são só as múmias, e as palavras não passam da tampa de seu sarcófago. Aqui está cravada a fronteira da comunicação espiritual. Só conceitos deixam-se comunicar, não a intuição, e, de fato, só ela é o perfeito conhecimento. Daí que ninguém possa, mediante o ensino, instilar no outro o seu espírito,

senão que cada um precise ficar circunscrito às fronteiras que sua natureza encerra (V 2, p. 126-7).

O educador em Schopenhauer fala apoiado no que descobriu em si e fez dele um filósofo. Descoberta que ele sabe pessoal e, enquanto tal, intransmissível. Não é possível passar aos alunos o que, tendo-o vivido, foi-lhe dado verter em conceitos abstratos (W I, 1, §23, p. 165). De que adiantaria dizer-lhes, assim, vestida nos conceitos, a intuição imediata que teve de si enquanto "vontade"; e mais, como ensinar-lhes a transpor esse primeiro significado (metafísico) às meras representações das coisas que os cercam?

Esse conhecimento – tal como sua transposição ao mundo das coisas "lá fora" – é uma *experiência particularíssima*, impossível de ser "ensinada". O acesso a ela, contudo, ele o sabe, é possível a cada indivíduo particular; e ele incita os alunos a buscá-la. Mas também os alerta de que, por ser tão íntima e pessoal, essa experiência será única e outra em cada um que a alcançar. Ninguém a viverá como ele a viveu. Tampouco seria possível supor que, vivendo-a, alguém se tornasse necessariamente filósofo, como se deu com ele. Afinal, para isso, seria necessário conseguir transpor ao mundo no seu todo, o que nela se abre à consciência... e vertê-lo em conceitos. Ele apela, por isso, aos que o ouvem, a que, buscando em si o que ele mesmo viveu, guardem respeito "às fronteiras de sua natureza". Essa fronteira última do conhecimento, que conduz à verdade de si mesmo e do mundo, ele insiste, há de configurar-se sempre de outro modo, próprio a quem o vive, logo, irrepetível (W I, 2, §67, p. 174-5). Vale dizer, que cada nova obra filosófica que daí brotasse seria original e única. Pois, se o conteúdo do conhecimento aí alcançado é sempre o mesmo, o que lhe dita o arcabouço, a forma em que se mostra, é a natureza peculiar do indivíduo, ao qual se abriu.

Marcante, no trabalho de Schopenhauer como educador, e o que caracteriza ademais sua filosofia, é, portanto, a consciência de que a "experiência" do númeno e o seu pô-la em conceitos ficam em dimensões inconciliáveis; a saber, a da existência imediata e a do conhecimento filosófico enquanto tal. Será isso, aliás, o que fará o fascínio e a dificuldade de toda filosofia dita *existencial* posterior à sua.

Essencial, para o contexto deste ensaio, é sobretudo o fato de Arthur ter, justamente naquele momento, em Weimar, constatado, em seus escritos pessoais, que a experiência descrita como a "porta" para sua metafísica só se teria aberto para ele à base de um sofrimento desmedido e como reação a ele. Em outras palavras, ele tinha chegado à sua "consciência melhor" (apta a "ver" o que se oculta à "consciência empírica"), ao reagir *com coragem* à dor enlouquecedora que o tomava. Dor de tal modo necessária ao conhecimento da "verdade metafísica", ele registra ainda nos seus *Manuscritos*, quanto o "lastro" ao navio, para flutuar na água (HN 1, p. 87). É, pois, o "peso" do sofrimento e da angústia inerentes à existência do indivíduo que aí se apresenta como a condição do despertar do "melhor" nele. A partir daí, essa descoberta se repetirá em todos os escritos do filósofo.

É significativo que, entre as anotações do início de 1814, ainda em Weimar, na casa da mãe, encontrem-se igualmente observações definitivas acerca da *loucura*. Nelas Arthur observa que, a partir de "frequentes observações dos loucos", ele teria agora dado um *salto* na sua compreensão da loucura. Perguntando-se quanto a se "a loucura não seria uma mera desorganização da memória?", ele conclui que, casos de infelicidade súbitos, "dos quais o ânimo é fraco demais para se consolar, ocasionariam facilmente a loucura". E, nesse caso, o mal, "sob cujo peso o ânimo soçobrou", seria substituído por outro conteúdo qualquer (HN 1, p. 87-8). Note-se que este foi o *avanço* mais fundamental a que Schopenhauer chegou na sua teoria da loucura. Tudo que escreveu após a esse respeito não o ultrapassa, a não ser na sua elaboração. Parece pouco, mas é nessa constatação que o cerne da questão se ilumina. A *causa da loucura* está em uma relação perturbada do louco para com o seu passado: em uma "repressão" ou "bloqueio" da memória. Pouco depois, em Dresden, ele escreve: "Como o objeto de grandes dores espirituais encontra-se, porém, sempre apenas na memória, compreende-se que de tais dores resulte a loucura". E prossegue dizendo que, no ápice da tortura, o indivíduo "como que joga fora a memória, achando assim alívio na loucura". É ao peso da dor, portanto, que o ânimo fraco recorre à loucura, buscando alívio para o seu tormento (HN 1, p. 146-7). Ou, como ainda dirá, bem mais tarde, é a "natureza angustiada" que apaga a lembrança "como último meio de salvar a vida" (W I, 1, §36, p. 249).

Ao contrário, portanto, do ânimo forte ou destemido com que o indivíduo pode enfrentar o que o esmaga penetrando em um "outro" domínio de conhecimento, *o louco* recua e mergulha no esquecimento. Eu insisto nesse ponto, para deixar bem clara a relação que Arthur desenha *entre* o indivíduo de *ânimo fraco*, isto é, sem resistência ou força interior frente ao "pior" (que o leva a mergulhar na loucura), *e a coragem* com que, nele, a "consciência melhor" enfrenta e supera o sofrimento pessoal, alcançando o "conhecimento trágico" (aquele em que o lastro das dores pessoais se vê transposto ao todo). Enfim, diante das dores pessoais desmesuradas, pode-se *ou enlouquecer ou alcançar conhecimento "outro" e mais elevado do ser* – eis ao que Arthur chegou naquele momento decisivo de sua existência, em Weimar.[2]

A salientar, neste avanço de seu conhecimento no que diz respeito à loucura, é o fato de que o filósofo agora vai além, muito além daquele anterior registrado em Berlim, no seu trabalho com doentes mentais. Ele tenta, é verdade, desviar essa descoberta de si mesmo ou de sua vivência íntima, ao ligá-la

---

[2] Na obra escrita por ele a seguir, em Dresden, *O Mundo como Vontade e Representação*, Schopenhauer utiliza-se de uma metáfora, na qual a situação do ser humano jogado na existência vem elaborada de modo mais maduro e poético. Ele aí volta a trabalhar o véu que encobre à consciência o fundo trágico da existência. Nessa metáfora, o indivíduo é comparado a um barqueiro em mar bravio. Sentado em sua frágil embarcação, e embora o oceano abaixo e em torno esteja quase a engoli-lo nas ondas ululantes, ele confia no véu ilusório de sua segurança, encarando o infinito que o ameaça como se mero "conto de fadas". Nesse estado de autoilusão, a única realidade é sua pessoa, o inextenso presente, o bem-estar instantâneo que sente. Ainda assim, mesmo agarrado a essas frágeis certezas, agita-se nele o pressentimento obscuro de que o mar bravio tem algo a ver com ele, de que o véu de segurança que o envolve é impotente frente àquilo. Isso, porém, há de ficar latente ao fundo de sua consciência, "enquanto um melhor conhecimento não lhe abrir os olhos". Mesmo o animal, ele prossegue, carrega em si o pressentimento obscuro de um perigo, e seria tomado de idêntico "pavor" (Grausen), se acaso o véu que o protege viesse a rasgar. Por exemplo, "se uma qualquer mudança sem causa ocorresse, se um morto estivesse aí de novo, se, de alguma maneira, o passado ou o futuro se fizesse presente, ou se o distante se aproximasse", etc. Vale dizer, se o "princípio de razão" falhasse, em uma qualquer de suas formas, por instantes, em seu trabalho de configurar o mundo para a consciência. O pavor indescritível que daí surge vem do súbito perder a confiança nas formas do conhecimento dos fenômenos, que separam o indivíduo do resto do mundo. *Uma existência feliz no tempo* é dada pelo acaso ou conquistada pela prudência, mas sempre em meio ao sofrimento de outros indivíduos incontáveis. Tal existência, Schopenhauer conclui, é como que "o sonho de um mendigo, no qual ele é um rei, mas do qual precisa acordar, para saber que o que o separou do sofrimento de sua vida não passa de uma ilusão passageira" (W I, 2, §63, p. 439-40). Seja lá como for, todo o seu esforço posterior enquanto educador iria concentrar-se em buscar despertar nas consciências a possibilidade desse "conhecimento melhor", capaz de abrir os olhos do indivíduo para o "pior" (idem).

às suas "frequentes observações dos loucos" (HN 1, p. 87-8). O "salto", contudo, não foi dado lá, na *Charité* ou nas *Clínica para os Pobres*, de Christian Wolfart, durante as tais observações; deu-se agora, na situação atual de conflito com a mãe, em Weimar. O "salto" aconteceu aí; e nasceu dele, da experiência íntima e abaladora da ameaça da loucura frente ao insuportável para a consciência. Pouco depois, na carta a Goethe – de cuja capacidade de entendê-lo Arthur não parecia ter dúvida –, ele ousa confessar seu parentesco com Édipo. Nele, como no rei, estão o mesmo "ânimo forte", a mesma "coragem", de enfrentar o "pior", e vencê-lo em si mesmo. A chave à compreensão da loucura, ele a encontrou na masmorra interior, fazendo-se seu próprio algoz, como o fez Édipo.

Há ainda dois registros importantes, nos *Manuscritos* de 1814, nos quais podemos "ler" a nova e surpreendente "intimidade" de Arthur com a loucura. No louco, ele observa, tanto os sentidos quanto o entendimento são saudáveis, de modo que, como nós, ele conhece o presente, utilizando-se da razão e dos conceitos, para emitir juízos e chegar, sem erro, às suas consequências. Isso, porém, *desde que* o seu fundamento esteja no presente. É mesmo surpreendente, ele prossegue, como o louco nos parece racional, em tais momentos, tanto no olhar quanto nos gestos. O discurso alienado só se inicia quando entra em cena o passado. É a causalidade do conhecimento sobre a vontade que aí se interrompe, e esta passa a agir "como uma violenta força livre da natureza, independente de todo o conhecimento". Observando essa vontade, assim, "isolada" da ordem intelectual, ele conclui, ela nos poderia esclarecer muito sobre "a essência propriamente dita da Vontade" (HN 1, p. 156). O que parece agora transparente, para ele, é o movimento interior à consciência frente ao insuportável, a força da ameaça à visão do horror – e o possível naufrágio. Ele mesmo reagiu; sua "coragem" lhe serviu de escudo à aparição do monstro...

Ainda no mesmo ano, após isso, Arthur faz a primeira anotação acerca da *Vontade metafísica*: "O mundo, enquanto *coisa em si*, é uma grande Vontade, que não sabe o que quer; pois ela não sabe e apenas quer, justamente porque é uma Vontade e nada outro" (HN 1, p. 169). Como interpretá-lo? Na citação anterior, temos a descoberta abaladora da "essência propriamente dita da Vontade", extraída a partir de experiência imediata da "vontade pessoal" na sua selvageria máxima, sem o freio racional. O que acontece, agora, nessa anotação que afirma a Vontade enquanto a *coisa em si do mundo*? Não temos nela, acaso, um "deslocamento" para o mundo no seu todo, da vivência imediata de um irracional capaz de arrastar o indivíduo à loucura? Arthur não estará justamente "transpondo", para o mundo ou a vida no seu todo, a "experiência" de um poder tremendo, irracional, que ele mesmo enfrentou como ameaça *à consciência*? De fato, ao mesmo tempo que ele faz de um sofrimento desmedido o dispositivo possibilitador tanto da loucura quanto do "conhecimento trágico" de si e do mundo, abre-se-lhe, *de um salto*, o significado da Vontade metafísica. O que se pode "ler" nas entrelinhas dessa descoberta é a ameaça, o perigo sentido e a "coragem" de um "ânimo forte", apto a ignorar a atração do esquecimento frente ao insuportável. Em outras palavras, foi o fato de ter conseguido enfrentar com coragem a ameaça da loucura que levou Arthur à assustadora verdade do que rege o mundo no seu todo...

A experiência vivida naquele momento deve tê-lo abalado não só psíquica, senão fisicamente, e com tal intensidade que o levou, igualmente, a descobrir a "identidade" entre o corpo e a vontade. Mais tarde, no *Mundo*, Schopenhauer escreveria que essa "identidade" seria reconhecível também, claramente, "no fato de que cada movimento veemente e desmedido da vontade ou cada afeto abala de maneira imediata o corpo e suas engrenagens internas, perturbando suas funções vitais" (W I, 1, §18, p. 144-5 e §20, p. 151). À época, nos *Manuscritos, as* suas anotações são fortemente emocionais. Sem perseguir um plano, elas vêm como efeito da luta interior que ele trava consigo; sim, como efeito do que lhe chega à tona, cristalizando-se nas conclusões acerca da loucura e do modo como poderia ser evitada. Nelas, Arthur não traça a linha entre o experimentado interiormente e as conclusões escritas. Essa linha – entre sua experiência e o não tematizado no texto ou o que nele cala – tem de ser extraída por nós, se quisermos chegar à "experiência" que o levou à "porta" ou à "passagem oculta" à "coisa em si".

Nem todo leitor de um filósofo se importa em descobrir tais "pontes" entre este e o indivíduo em que habita. Para tais leitores, é o pensamento que importa, aquilo a que o filósofo, enquanto tal, chegou. Há, porém, quem pergunte pelo que, aquém do pensamento, o empurrou a este. Há sempre um nível intratável, que escorre abaixo do que se explicita. Um nível em que a vida se agita inalcançável para a consciência. De modo que, para alguns, o poder entrever o nascimento do filósofo em Arthur poderia ter o efeito de uma descoberta que, embora "improvável", aponta à singularidade de sua existência.

Schopenhauer voltará a falar, muitas vezes, acerca da alternativa entre soçobrar à *visão* de um conhecimento aterrador, vale dizer, de *enlouquecer; e enfrentá-la com destemor*. Se ele se envergonharia de confessar ter vivido a ameaça da loucura? Não, certamente! Para ele, o louco e o gênio são aparentados; não é a "razão" que adoece na loucura. *Se* ele evitou falar sobre o acontecimento que *quase* o enlouqueceu, *se* não *se* pôs em cena, como o fizeram outros filósofos antes dele – os "sonhos" e a "estufa" de Descartes, o "raio" de Fichte, a "visão" e os "estados de suspensão" de Rousseau, etc., – isso se deveu ao aspecto "demasiado humano" da experiência que fez dele um filósofo. A situação que o empurrou àquele enfrentamento limite, embora trágica, apresenta um aspecto ridículo e até mesmo cômico. Sua inteligência e sensibilidade não o deixariam enganar-se acerca disso. Não lhe passou despercebida a comicidade de uma dor que o fixava a um objeto singular, por mais intensa e vívida que fosse. Passada a tormenta, já em Dresden, Arthur faz a seguinte anotação:

> E essa dor, que se expande *para o todo* da vida, que se descola, é verdadeiramente *trágica*; aquela, pelo contrário, que se cola a um objeto *singular,* no qual ela apresenta apenas a discórdia na vontade sem resignação, a contradição interna da Vontade ou da Vida, é sempre *cômica,* por mais forte que seja. Tal a dor do avarento em relação ao cofre perdido. Embora a dor de uma personagem trágica parta de um objeto singular determinado, ela não fica, porém, nisso; a personagem trágica toma antes a aflição singular só como símbolo para a Vida Inteira, e a tranpõe a esta (HN 1, p. 170-71).

Sua inteligência não o deixaria interpretar de outro modo o seu relacionamento de então com Johanna; ele era "cômico", sobremodo "banal", cotidiano. Ainda assim, doloroso, a ponto de torná-lo *um filósofo*. A consciência do ridículo da situação, que, ainda assim, o tinha levado ao conhecimento do númeno, o impediu de abri-la ao público. Um tema recorrente em suas anotações do período foi justamente o da "banalidade" da existência normal. Em um dos registros, ele observa que "a vida *en detail*", em seu esforço inútil, em seus erros fatais, suas esperanças pisoteadas e tendo a morte ao final, é, "no seu todo", uma "tragédia"; considerada, porém, na singularidade do dia a dia, nos males do instante, nos desejos e temores da semana, nos desastres de cada hora, não passa de *"um punhado de cenas de comédias"*. E segue, lamentando que, na vida, embora precisando encenar todas as dores de uma tragédia, as pessoas não assumam jamais a dignidade das personagens trágicas, agindo inevitavelmente como "parvos caracteres de comédia" (HN 1, p. 192). Eu pergunto o que mais poderia levar-nos a enxergar nossa irrisão, a não ser justamente *essa comédia*? É compreensível que o filósofo em Arthur calasse acerca do lado "cômico" de sua vida pessoal – que se repete, sem cessar, nas infinitas vidas singulares pelo mundo afora. Soube transpor, porém, à arquitetura conceitual de sua filosofia, a partir de uma vida pessoal de farta insignificância, como todas – *não a comédia*, a banalidade hilariante da existência singular, *mas a tragédia* que a atravessa e se faz *símbolo* da vida no seu todo.

Quando se trata de expressar em conceitos o conhecimento alcançado nessa experiência extrema de si mesmo, há ainda outra afinidade a constatar entre Schopenhauer e Freud. Sabemos o quanto o estilo do médico é elegante, sóbrio e equilibrado nos seus escritos sobre o Inconsciente. Também o estilo de Schopenhauer é claro, contido, sem arroubos entusiastas ou exageros naturalistas. Sabia que o *imediatamente vivido* – o irracional, o Inconsciente – está aquém da representação, e é, por isso, "em si mesmo" inexprimível. Como resolver essa dificuldade? Como dizer o indizível? O filósofo reconhece que o *sentimento imediato* de si mesmo, como aliás todo sentimento, tem significado apenas negativo, a saber, o da negação do conceito ou do saber abstrato. Por isso, segundo ele, a arte propriamente dita do filósofo estaria em transformar tal *sentimento* em conceitos.

Uma metamorfose cujo valor só poderia ser medido pelo grau de concretude palpável, vale dizer, pela "integralidade" da representação a que os conceitos apontam (HN 1, p. 97). Filosofar é, para ele, não mais que "transmutar" o imediatamente vivido em "conceitos abstratos" (HN 1, p. 173).

Como fazê-lo? Não por acaso, é justamente nas anotações de 1814 que Arthur dá-nos a pista de *como* empreende essa "transmutação". Fala acerca do "jeito" ou da "manha" (der Kniff), que considera peculiar ao gênio criador. Esse "jeito" – presente em toda sua obra, segundo ele mesmo – seria como que o "ponto focal", só variável no "modo" de ser aplicado ao conteúdo (inapreensível em si mesmo). Tal "jeito", ele continua, seria como que um "buraco no véu da natureza", "um pedacinho sobre-humano no ser humano", enigmático tanto para os outros quanto para a própria "consciência reflexiva", a razão (HN 1, p. 98-9). Em anotação bem posterior, de 1831, ele volta a mencionar esse "jeito", qualificando-o agora como um "artifício" ou "truque" ("Kunstgriff"). E indica, aí, o *seu* modo peculiar de aplicá-lo. Eu cito: "Quando a boa hora traz a mais vívida intuição ou o sentimento mais profundo, o meu jeito é verter sobre ele, de súbito e no mesmo momento, a mais fria reflexão e, assim congelado, conservá-lo" (HN 4, I, p. 59).

O que fica, portanto, "congelado" na "mais fria reflexão", é o "sentimento" de algo em si mesmo incognoscível. A começar pelo sentimento imediato do próprio "querer", que não passa afinal de uma última "máscara" para o que permanece sendo um enigma (W II, 1, §18, p. 226ss.). Günter Gödde, psicanalista alemão, interpreta a concepção desse "jeito" ou "artifício" – utilizado por Schopenhauer para, digamos, apanhar como que em suspensão o incapturável – enquanto a descrição pessoal dada pelo filósofo daquela postura terapêutica básica na relação analítica, dita "atenção flutuante" ("gleichschwebende Aufmerksamkeit", Gödde, p. 419), na qual o analista deixa agir e ecoar em si, em um estado próximo ao da contemplação estética, o que lhe comunica o analisado. Podemos imaginar que, em se tratando de Schopenhauer, essa postura aconteça em relação ao que lhe vai brotando em sua autoanálise. O que ele trabalha, utilizando-se do "truque" indicado, é o que vai extraindo ao "sentimento imediato" de si, como o experimentou na intuição interior que viveu no próprio corpo. É sobre esse sentimento que ele "verte", *de um golpe*, o frio conceito, coagulando-o no fluxo temporal. Mesmo assim, como se trata de uma vivência interior cujo conhecimento "não pode ser ensinado ou transmitido" a outra pessoa, ou melhor, já que nem mesmo o filósofo é capaz de "instalá-lo no espírito de um outro", todo aquele que queira compreendê-lo terá de percorrer, em si mesmo e à sua própria maneira, o caminho interior por ele percorrido. O processo é real e necessário, mas a ser reeditado a cada vez, e segundo a medida de cada um. Nisso, também, parece-nos que Schopenhauer antecipa Freud.

 O que nos salta aos olhos, no caminho seguido pelo filósofo, quando busca *transpor* o conhecimento imediato de si mesmo às coisas que lhe boiam à frente, como fantasmas "lá fora", é o caráter hermenêutico de sua abordagem cognitiva do mundo. Ao inquirir a realidade que o cerca quanto ao seu "significado", Schopenhauer não o encontra no mundo "além" dele. É no anzol daquele primeiro "significado" *sentido interiormente* em seu corpo que ele vai capturando, nas coisas, o eco ou a vibração que o confirmam. O mundo é arrastado, com isso, para dentro, para a imanência absoluta do perguntador – e só ganha sentido na referência a esse único de seus viventes, o homem. Compreendê-lo é possível, sem, no entanto, esclarecê-lo, torná-lo transparente.

É preciso lembrar que, aqui, a razão tornou-se o "meio", em que se "verte" o interpretado – que a ela permanece estranho. Pensar é vestir em palavras o "outro", o em si mesmo impensável, portanto, indizível. Com isso, filosofar passa a ser arte, não ciência. O material de que o pensador se utiliza, os conceitos, tem a mesma função do mármore ou da tela para o escultor e o pintor. Como o artista, sua tarefa passa a ser a de repetir "fielmente", em conceitos, o mundo. Devido ao que, Schopenhauer conclui, sua filosofia atrairá apenas uns poucos. Seria necessário – ele é agora arrogante – ter musicalidade para gostar de Mozart, ser capaz de "ver" para apreciar uma *Madonna* de Rafael, ter uma vivência própria do ser para aferir o que se passa no *Fausto* de Goethe. O mesmo em relação a sua filosofia: "cada um entenderá dela apenas tanto quanto ele próprio vale..." (HN 1, p. 154, p. 186).

Chegados aqui e tendo de encerrar este ensaio, que gira sobretudo em torno à tentativa de apanhar o desencadeador da vivência que levou o jovem Arthur à sua metafísica, temos de constatar que, de tudo que dissemos, nada vai além de suspeitas ou suposições – ainda que tomadas à base de afirmações extraídas às notas do aspirante a filósofo e às suas reflexões posteriores, tal como às de alguns testemunhos, ao longo de sua vida. Não deixa de ser similar ao que ocorre, quando, hoje, ao capturarmos certas vibrações fósseis no *écran* indevassável do universo, acreditamos estar próximos do fabuloso *big bang*, dificilmente comprovável. E se tivesse mesmo sido assim, como estamos supondo/propondo neste ensaio, teríamos então de concluir que Schopenhauer estaria condenando a existência humana ao fracasso?

De fato, é por demais impreciso e escorregadio o *limiar entre o autoengano cotidiano* de uma consciência que se nega a encarar o próprio abismo, *e a loucura e/ou a coragem* de enfrentar com bravura a tragédia real do existente. Ainda assim, há um mistério nesta filosofia. Na virada inaudita de um pensamento que desnuda em si mesmo a irracionalidade, apontando o *nonsense* da existência, Schopenhauer descobre um estrato de resistência e insistência moral a que temos de dar atenção. Pois esse estrato se enraíza não em instância superior ou extramundana qualquer, senão na imediatez concreta desse estarmos sempre a pique de afundar no fracasso e na carência; um fracasso e uma carência, dos quais, sem cessar, arrancamos justamente a "coragem" de manter-nos à tona, caminhar sobre as águas...

Seu pessimismo não é o da desistência. Ele exige o enfrentamento do que estorva, a oposição consciente a ele. Não admite a entrega, o suicídio intelectual, moral ou físico. E, surpreendentemente, investe e aposta justamente no que nos resta de mais frágil, de menos capaz: a razão. Para com ela e apesar de tudo, ou antes, devido mesmo ao que nos estorva e impede, persistirmos e insistirmos. Certa vez, em entrevista de rádio, Safranski disse que Schopenhauer seria um mestre na arte de aproveitar a chance que "não existe" (Saf., Rádio Hr2-Kultur). De fato, em um mundo em que existencialmente tudo sai errado, só nos resta arrancar-nos ao buraco pelos próprios cabelos.

Não por acaso, juntamente com Freud, Schopenhauer é reconhecido como um "racionalista do irracional" (Gödde, p. 423). Pode parecer trivial; mas o cotidiano não mostra que é justamente o trivial o mais difícil de "acertar"? Ambos concordam em que, para evitarmos sofrimento maior (para nós mesmos e os demais à volta), deveríamos tentar desenvolver uma atitude refletida, que nos ensinasse a lidar de modo astuto com nossas pulsões. Não, contudo, através de teorias sobre o que talvez fôssemos, senão de modo prático, apoiados em atenta e demorada observação e autoanálise. Nada fácil, concedo, mas possível...

Referências

SCHOPENHAUER, A. "Arthur schopanhauer, Zürcher Ausgabe, Werke in zehn Bänden". Zürich, Diógenes Verlag, 1977.

Die Welt als Wille und Vorstellung I e II. (cit. W I, 1 e 2, e W II, 1)

Über die vierfache Wurzel des Satzes vom zureichen Grunde. (cit. Diss.)

Parerga und paralipomena I, Erster Teilband. "Versuch über Geistersehn und was damit zusammenhüngt". (cit. P I, 1)

Der Handschriftliche Nachlass, hg. von A. Hübscher, 5 Bänden, München. dtv. (cit. HN 1, 2, etc.)

Vorlesungen: "Philosophische Vorlesungen", hrg. und eingeleitet von Volker Spierling, Piper, München-Zürich, 1986. Teil 1 und Teil 2, München, Piper, 1990. (cit. V 1, V 2)

"Arthur Schopenhauer gesammelte Briefe", hg. von Arthur, Bouvier Verlag Herbert Grundmann, Bonn, 1978. (cit. GB)

"Arthur Schopenhauer-Gespräche", hg. von Arthur Hübscher, Friedrich Frommann Verlag (Günter Holyboog), Stuttgart-Bad Cannstatt, 1971. (cit. G)

"Die Schopenhauers; der Familien-Briefwehsel" hg. und eigeleitet von L. Lütkehaus, dtv, 1998. (cit. Lütkehaus)

Referências complementares

GÖDDE, G. Traditionslinien des "Unbewussten": Schopenhauer, Nietzsche, Freud, edition diskord, Tübingen 1999. (cit. Gödde)

SAFRANSKI, R. "Schopenhauer und Die wilden Jahre der Philosophie – Eine Biographie", Karl Hanser Verlag, München, Wien, 1987. (cit. Saf.)

"Doppel-Kopf", Rätzelfreund" com H.J.Heinrich- Hr2-Kultur, Frankfurt, em 11.02.09. (cit: Saf., Rádio Hr2-Kultur)

ZENTNER, M. "Die Flucht ins Vergessen. Die Anfänge der Psychoanalyse Freuds bei Schopenhauer", Wiss. Buchgesellschaft, Darmstadt, 1995. (cit. Z)

SOLO
editoração & design gráfico
Fone: 51 99859.6690

Este livro foi confeccionado especialmente para a
Editora Meridional Ltda.,
em Caladea, 11/15 e
impresso na Gráfica Noschang